LES CONTES
D'AMADOU KOUMBA

BIRAGO DIOP

LES CONTES
D'AMADOU KOUMBA

PRÉSENCE AFRICAINE
25 bis, rue des Écoles - 75005 Paris
64, rue Carnot - Dakar

ISBN 2-7087-0167-3

A mes filles :

NENOU et DÉDÉE

pour qu'elles apprennent et n'oublient pas que l'arbre ne s'élève qu'en enfonçant ses racines dans la Terre nourricière.

INTRODUCTION

— Baké, tu dors ?

— Oui, grand-mère !

Tant que je répondais ainsi, grand-mère savait que je ne dormais pas, et que, tremblant de frayeur, j'écoutais, de toutes mes oreilles et de tous mes yeux fermés, les contes terrifiants où intervenaient les Génies et les Lutins, les Kouss aux longs cheveux ; ou que, plein de joie comme les grands qui écoutaient aussi, je suivais Leuk-le-Lièvre, madré et gambadant, dans ses interminables aventures au cours desquelles il bernait bêtes et gens au village comme en brousse et jusque dans la demeure du roi.

Quand je ne répondais plus à la question de grand-mère, ou quand je commençais à nier que je dormisse, ma mère disait : « Il faut aller le coucher », et grand-mère me soulevait de la natte qui se rafraîchissait dans l'air de la nuit et me mettait au lit après que je lui eus fait promettre, d'une voix pleine de sommeil, de me dire la suite le lendemain soir, car en pays noir, on ne doit dire les contes que la nuit venue.

Grand-mère morte, j'eus dans mon entourage d'autres vieilles gens, et, en grandissant à leur côté, « j'ai bu l'infusion d'écorce et la décoction de racines, j'ai grimpé sur le baobab ». Je me suis abreuvé, enfant, aux sources, j'ai entendu beaucoup de paroles de sagesse, j'en ai retenu un peu.

J'ai vu et j'ai entendu les derniers M'Banda-katts (clowns chanteurs et danseurs) ; j'ai entendu les Ritikatts sur leur violon monocorde, qui n'était qu'une calebasse tendue d'une peau de lézard, faire parler, rire et pleurer un crin de cheval. J'ai entendu les Lavankatts réciter d'une traite le Coran tout entier, et, pour se délasser de leur exploit, mêler aux versets sacrés la satire aux dépens des jeunes filles laides et des vieilles avari-cieuses.

Plus tard, sous d'autres cieux, quand le temps était sombre et le soleil malade, j'ai fermé souvent les yeux et, de mes lèvres, montaient des Kassaks que l'on chantait dans « la Case des Hommes » ; j'ai écouté ma mère et surtout grand-mère qui disait encore les déboires de Bouki-l'Hyène, poltronne et vaniteuse, les malheurs de Khary Gaye, l'orpheline, les tours de Djabou N'Daw, l'enfant terrible, les triomphes de Samba Séytané, le diabolique et les avatars d'Amary-le-Dévot.

Ce retour fugitif dans le passé récent tempérait l'exil, adoucissant un instant la nostalgie tenace et ramenait les heures claires et chaudes que l'on n'apprend à apprécier qu'une fois que l'on en est loin.

Lorsque je retournai au pays, n'ayant presque rien oublié de ce qu'enfant j'avais appris, j'eus le grand bonheur de rencontrer, sur mon long chemin, le vieux Amadou Koumba, le Griot[1] de ma famille.

Amadou Koumba m'a raconté, certains soirs — et parfois, de jour, je le confesse — les mêmes histoires qui bercèrent mon enfance. Il m'en a appris d'autres qu'il émaillait de sentences et d'apophtegmes où s'enferme la sagesse des ancêtres.

Ces mêmes contes et ces mêmes légendes — à quelques variantes près — je les ai entendus également au cours de mes randonnées sur les rives du Niger et dans les plaines du Soudan, loin du Sénégal.

D'autres enfants, pareils à celui que je fus, et d'autres grands, semblables à mes aînés, les écoutaient avec la même avidité sculptée sur leur visage par les fagots qui flambaient haut. D'autres vieilles femmes, d'autres griots les disaient, et les chants qui les entrecoupaient et que tous reprenaient en chœur, étaient souvent rythmés par le roulement du tam-tam, ou scandés sur une calebasse renversée. La même frayeur entrait dans l'auditoire avec les souffles de la brousse, et la même gaieté qui enfantait le rire. La frayeur et la gaieté qui palpitent aux mêmes heures, dans tous les villages africains qu'enveloppe la vaste nuit.

Si je n'ai pu mettre dans ce que je rapporte l'ambiance où baignaient l'auditeur que je fus et ceux

(1) *Griot* : Terme du vocabulaire colonial franco-africain = *Diali* au Soudan, *Guéwèl* au Sénégal (de l'arabe Qawwal récitant de la secte Soufi) : conteur, chanteur, généalogiste, dépositaire de la tradition qui est uniquement orale.

*que je vis, attentifs, frémissants ou recueillis, c'est
que je suis devenu homme, donc un enfant incom-
plet, et partant, incapable de recréer du merveil-
leux. C'est que surtout il me manque la voix, la
verve et la mimique de mon vieux griot.*

*Dans la trame solide de ses contes et de ses sen-
tences, me servant de ses lices sans bavures, j'ai
voulu, tisserand malhabile, avec une navette hésitante, confectionner quelques bandes pour coudre
un pagne sur lequel grand-mère, si elle revenait,
aurait retrouvé le coton qu'elle fila la première ; et
où Amadou Koumba reconnaîtra, beaucoup moins
vifs sans doute, les coloris des belles étoffes qu'il
tissa pour moi naguère.*

FARI L'ANESSE

Sortir de son propos — souvent à peine y être entré — pour mieux y revenir, tel faisait à l'accoutumée Amadou Koumba, dont je rapporterai les dits et dont un jour sans doute je conterai les faits.

Souvent, sur un mot de l'un de nous, il nous ramenait loin, bien loin dans le Temps. Souvent aussi, un homme qui passait, le geste d'une femme, faisaient surgir de sa mémoire des contes et les paroles de sagesse que le grand-père de son grand-père avait appris de son grand-père.

....

Le long de la route du Sud que nous avions remontée un jour durant, des carcasses récurées à blanc par les charognards, et des cadavres à tous les stades de putréfaction avaient remplacé les bornes qui n'avaient jamais existé. Cadavres et carcasses d'ânes qui apportaient au Soudan les charges de colas de la Côte.

J'avais dit : « Pauvres ânes ! qu'est-ce qu'ils endurent ! »

— Tu les plains, toi aussi ? avait répliqué Amadou Koumba. C'est bien de leur faute pourtant s'ils en sont là aujourd'hui ; s'ils sont les esclaves des esclaves... Si les ordres — impôts et prestations — de Dakar retombent, après avoir passé du Gouverneur au Commandant de cercle, du Commandant de cercle au Chef de Canton (sans oublier l'Interprète), du Chef de Canton au Chef de village, du Chef de village au Chef de famille, du Chef de famille sur leur échine à coups de triques. Comme jadis (car je ne crois pas qu'il y ait quelque chose de changé) du Damel-le-roi aux Lamanes-vices-rois, des Lamanes aux Diambours-hommes libres, des Diambours aux Badolos de basse condition, des Badolos aux esclaves des esclaves... Si l'âne en est aujourd'hui où il en est, c'est qu'il l'a bien cherché.

Aux temps anciens, bien anciens, dont ils n'ont certainement pas comme nous perdu la mémoire, les ânes, comme tous les êtres sur terre, vivaient libres dans un pays où rien ne manquait. Quelle première faute commirent-ils ? Nul ne l'a jamais su et nul ne le saura jamais peut-être. Toujours est-il qu'un jour une grande sécheresse dévasta le pays sur lequel s'abattit la famine. Après des conseils et des palabres interminables, il fut décidé que la reine Fari et des courtisanes s'en iraient à la recherche de terres moins désolées, de régions plus hospitalières, de pays plus nourriciers.

Au royaume de N'Guer qu'habitaient les hommes, les récoltes semblaient plus belles qu'en aucun autre pays. Fari voulut bien s'y arrêter. Mais comment disposer sans risques de toutes ces bonnes choses qui appartenaient aux hommes ? Un seul

moyen peut-être : se faire homme soi-même. Mais
l'homme cède-t-il volontiers à son semblable ce qui
lui appartient, ce qu'il a obtenu à la sueur de ses
bras ? Fari ne l'avait jamais entendu dire. A la
femme, peut-être, l'homme ne devait rien refuser,
puisque, de mémoire d'être vivant, l'on n'avait
jamais vu un mâle refuser quelque chose à une
femelle ou la battre — à moins qu'il ne fût fou
comme un chien fou. Fari décida donc de rester
femelle et de se métamorphoser en femme, sa suite
également.

Narr, le Maure du roi de N'Guer, était peut-être
le seul sujet du royaume à pratiquer sincèrement la
religion du Coran. À cela, il n'avait aucun mérite,
puisqu'il devait se montrer digne de ses ancêtres qui
avaient introduit par la force l'Islam dans le pays.
Mais Narr se distinguait encore des autres par sa
couleur blanche d'abord, ensuite par ceci qu'il ne
pouvait pas garder le plus infime des secrets. Et de
nos jours encore, l'on dit d'un rapporteur « qu'il a
avalé un Maure ».

Narr était donc pratiquement fervent et ne manquait aucune des cinq prières de la journée. Quel ne
fut pas son étonnement, un matin, en allant faire ses
ablutions au lac de N'Guer, d'y trouver des femmes
qui se baignaient. La beauté de l'une d'elles qu'entouraient les autres était telle que l'éclat du soleil
naissant en était terni. Narr oublia ablutions et
prières et vint en courant réveiller Bour, le roi de
N'Guer :

— Bour ! Bilahi ! Walahi ! (En vérité ! au nom
de Dieu.) Si je mens, que l'on me coupe le cou !
J'ai trouvé au lac une femme dont la beauté ne peut
se décrire ! Viens au lac, Bour ! Viens ! Elle n'est
digne que de toi.

Bour accompagna son Maure au lac et ramena la belle femme et sa suite. Et fit d'elle son épouse favorite.

Quand l'homme dit à son caractère : « Attends-moi ici », à peine a-t-il le dos tourné que le caractère marche sur ses talons. L'homme n'est pas le seul à souffrir de ce malheur. L'âne, comme les autres créatures, le partage avec lui. C'est pourquoi Fari et ses courtisanes, qui auraient dû vivre heureuses et sans souci à la cour du roi de N'Guer, s'ennuyaient et languissaient chaque jour davantage. Il leur manquait tout ce qui fait la joie et le bonheur pour une nature d'âne : braire et péter, se rouler par terre et ruer... Aussi demandèrent-elles un jour à Bour, prétextant les grandes chaleurs, l'autorisation, qui leur fut accordée, d'aller se baigner tous les jours au crépuscule dans le lac.

Ramassant les calebasses, les marmites et tous les ustensiles sales, elles allaient ainsi, tous les soirs, au lac où, rejetant boubous et pagnes, elles pénétraient dans l'eau en chantant :

> *Fari hi ! han !*
> *Fari hi ! han !*
> *Fari est une ânesse,*
>
> *Où est Fari la reine des ânes*
> *Qui émigra et n'est pas revenue ?*

Au fur et à mesure qu'elles chantaient, elles se transformaient en ânesses. Elles sortaient ensuite de l'eau, courant, ruant, se roulant et pétant.

Nul ne troublait leurs ébats. Le seul qui l'eût pu faire, le seul qui sortît du village au crépuscule pour ses ablutions et la prière de Timiss, Narr-le-Maure, était parti en pèlerinage à La Mecque. Fatiguées et heureuses, Fari et sa suite reprenaient leur corps de femme et s'en retournaient chez Bour, calebasses et marmites récurées.

Les choses auraient pu peut-être durer toujours ainsi, si Narr avait péri en chemin ; s'il avait été pris là-bas vers l'est dans un royaume bambara, peulh ou haoussa et maintenu en esclavage ; ou s'il avait préféré demeurer, le restant de ses jours, près de la Kaaba pour être plus près du paradis. Mais Narr revint un beau jour, et justement à la tombée de la nuit. Il alla, avant de saluer le roi, vers le lac. Il y vit les femmes, et, caché derrière un arbre, il écouta leur chanson. Son étonnement fut plus grand que le jour où il les y avait trouvées, en les voyant se changer en ânesses. Il arriva chez Bour, mais il ne put rien dire de ce qu'il avait vu et entendu, tant il fut fêté et questionné sur son pèlerinage. Mais, au milieu de la nuit, son secret, qui s'était mis en travers du couscous et du mouton dont il s'était gavé, l'étouffait. Il vint réveiller le roi :

— Bour ! Bilahi ! Walahi ! Si je mens, que l'on me coupe la tête, ta femme la plus chérie n'est pas un être humain, c'est une ânesse !

— Que racontes-tu là, Narr ? Les génies t'ont-ils tourné la tête sur le chemin du salut ?

— Demain, Bour, demain, inch allah ! je te le prouverai.

Le lendemain matin, Narr appela Diali, le griot-musicien du roi et lui apprit la chanson de Fari.

— Après le déjeuner, lui dit-il, lorsque notre reine favorite caressera sur sa cuisse la tête de Bour pour qu'il s'endorme, au lieu de chanter la gloire des rois défunts, tu joueras sur ta guitare et tu chanteras la chanson que je viens de t'apprendre.

— C'est à La Mecque que tu as appris cette chanson ? s'enquit Diali, curieux comme tout griot qui se respecte.

— Non ! Mais tout à l'heure, tu verras la puissance de ma chanson, répondit Narr-le-Maure.

Bour somnolait donc, la tête sur la cuisse de sa favorite, pendant que Narr racontait à nouveau son pèlerinage, lorsque Diali qui, jusque-là, fredonnait doucement en frôlant sa guitare, se mit à chanter :

Fari hi ! han !
Fari hi ! han !

La reine tressaillit. Bour ouvrit les yeux. Diali continua :

Fari hi ! han !
Fari est une ânesse.

— Bour, dit la reine, en pleurant, empêche Diali de chanter cette chanson.

— Pour quelle raison, ma chère femme ? Je la trouve très jolie, moi, dit le roi.

— C'est une chanson que Narr a apprise à La Mecque, expliqua le griot.

— Je t'en supplie, mon maître ! gémit la favorite. Arrête-le. Elle me fait mal au cœur, car on la chante chez nous aux enterrements.

— Mais ce n'est pas une raison pour faire taire Diali, voyons !

— Et Diali chantait toujours :

Fari est une ânesse

Où est Fari la reine des ânes

Qui émigra et n'est pas revenue ?

Soudain, la jambe de la reine qui supportait la tête de Bour se raidit et sous le pagne apparut un sabot et puis une patte. L'autre jambe se transforma, ses oreilles s'allongèrent, son beau visage également... Rejetant son royal époux, Fari, redevenue ânesse, ruait au milieu de la case, décrochant la mâchoire de Narr-le-Maure. Dans les cases voisines, dans les cuisines, dans la cour, les ruades et les hi ! han ! indiquaient que les sujettes de Fari avaient, elles aussi, subi le même sort que leur reine.

Comme leur reine, elles furent maîtrisées à coups de triques et entravées ; de même que tous les ânes qui, inquiets du sort de leur reine et de leurs épouses, partirent à leur recherche et passaient par le royaume de N'Guer.

Et c'est depuis N'Guer et depuis Fari, que les ânes peinent à coups de triques et trottent, chargés, par tous les sentiers, sous le soleil et sous la lune.

UN JUGEMENT

Certes, Golo, le chef de la tribu des singes, avait un peu exagéré en visitant, cette nuit-là, le champ de pastèques de Demba. Il avait dû convoquer le ban et l'arrière-ban de ses sujets, qui ne s'étaient pas contentés d'arriver à la queue leu leu et de faire la chaîne pour se passer les pastèques une à une. Ils avaient, en bandes, sauté et franchi la haie d'euphorbes. Les euphorbes sont les plus bêtes des plantes, elles ne savent que larmoyer, mais pour qu'elles larmoient, il faut qu'on les touche. Golo avait touché aux euphorbes et à autre chose encore. Lui et sa tribu avaient saccagé tout le champ. Ils s'étaient conduits comme de vulgaires chacals ; et tout le monde sait que, si les chacals passent pour les plus grands amateurs de pastèques que la terre ait enfantés, ils demeurent également, jusqu'à nos jours, les êtres les plus mal élevés qui vivent sous le soleil, ou plutôt sous la lune.

Golo et sa tribu s'étaient comportés comme de vrais fils de chacals parce qu'ils savaient fort bien

que ces pastèques n'étaient pas celles du vieux Medjembe qui, lui, avait jadis administré une si belle
correction à l'aïeul de tous les singes qu'il lui avait
pelé les fesses. La marque, ainsi que le souvenir, en
étaient restés à jamais à toute sa descendance.

Demba se serait certainement comporté comme
le vieux Medjembe, puisque Golo avait agi comme
Thile-le-chacal, qui, lui aussi, eut jadis affaire avec
le premier cultivateur de pastèques, mais Golo ni
aucun de ses sujets n'avaient attendu l'arrivée de
Demba.

Golo avait exagéré, c'est entendu, et Demba
n'avait pas été content, le matin, en découvrant
l'étendue des dégâts faits dans son champ ; mais de
là à passer sa colère sur Koumba sa femme, il y
avait un fossé. Ce fossé, cependant, Demba le franchit en même temps que le seuil de sa demeure.

Il trouva que l'eau que Koumba lui offrait à
genoux en le saluant n'était pas assez fraîche. Il
trouva que le couscous était trop chaud et pas assez
salé et que la viande était trop dure, il trouva que
cela était ceci et que ceci était cela, tant il est bien
vrai que l'hyène qui veut manger son petit trouve
qu'il sent la chèvre...

Las de crier, Demba se mit à rouer Koumba de
coups, et, fatigué de la battre, il lui dit :

— Retourne chez ta mère, je te répudie.

Sans mot dire, Koumba se mit à ramasser ses
effets et ustensiles, fit sa toilette, revêtit ses plus
beaux habits. Ses seins pointaient sous sa camisole
brodée, sa croupe rebondie tendait son pagne de
n'galam. A chacun de ses gracieux mouvements,
tintaient ses ceintures de perles et son parfum entê-
tant agaçait les narines de Demba.

Koumba prit ses bagages sur sa tête et franchit le

seuil de la porte. Demba fit un mouvement pour la
rappeler, mais il s'arrêta et se dit : « Ses parents me
la ramèneront. »

Deux, trois jours, dix jours passèrent sans que
Koumba revînt, sans que les parents de Koumba
donnassent signe de vie.

L'on ne connaît l'utilité des fesses que quand
vient l'heure de s'asseoir. Demba commençait à
savoir ce qu'était une femme dans une maison.

Les arachides grillées sont de fort bonnes choses,
mais tous les gourmets, et même ceux qui ne man-
gent que parce que ne pas manger c'est mourir, sont
d'accord pour reconnaître qu'elles sont meilleures
en sauce sucrée pour arroser la bouillie de mil, ou
salée et pimentée pour accommoder le couscous aux
haricots. Demba voyait venir le moment où il serait
obligé d'être de cet avis. Son repas du jour ne lui
était plus porté aux champs ; et, le soir, il allumait
lui-même le feu pour griller arachides ou patates
douces.

Il est défendu à l'homme fait de toucher à un
balai, et pourtant, comment faire quand la poussière,
les cendres, les coques d'arachides et les épluchures
de patates envahissent chaque jour un peu plus le
sol de la case ?

L'on ne travaille vraiment bien que le torse nu.
Mais lorsque la journée finie, on endosse son boubou, l'on voudrait bien que ce boubou ne soit pas
aussi sale que le foie d'un chien ; et pourtant, est-il
digne d'un homme qui mérite le nom d'homme de
prendre calebasse, savon et linge sale et d'aller à la
rivière ou au puits faire la lessive ?

Demba commençait à se poser toutes ces ques-
tions, et beaucoup d'autres encore. Sa sagesse, peut-
être un peu en retard, lui répétait : « L'on ne connaît

l'utilité des fesses que quand vient l'heure de s'asseoir. »

La continence est une vertu bien belle, sans aucun doute, mais c'est une bien piètre compagne. Elle est trop mince pour remplir une couche et Demba trouvait maintenant son lit trop large pour lui seul.

Koumba, par contre, s'apercevait, chaque jour qui passait, que l'état de répudiée pour une femme jeune et accorte, dans un village rempli de jeunes hommes entreprenants, n'avait absolument rien de désagréable, bien au contraire.

Qui voyage avec son aîné et son cadet fait le plus agréable des voyages. A l'étape, l'aîné s'occupe de trouver la case et le cadet fait le feu. Koumba, qui était retournée chez elle, qui y avait retrouvé ses aînées et ses cadettes, et qui, en outre, passait à leurs yeux pour avoir tant souffert dans la case de son mari, était gâtée et choyée par tout le monde.

Quand il y a trop à ramasser, se baisser devient malaisé. C'est pourquoi les griots-chanteurs et les dialis-musiciens, aux sons de leurs guitares, exhortaient en vain Koumba à choisir parmi les prétendants qui, dès le premier soir de son arrivée, avaient envahi sa case. Ce n'était, après le repas du soir, que chants et louanges des griots à l'adresse de Koumba, de ses amies et de ses prétendants, que musique des dialis rappelant la gloire des ancêtres.

Un grand tam-tam était projeté pour le dimanche qui venait, tam-tam au cours duquel Koumba devait enfin choisir entre ses prétendants. Hélas ! le samedi soir, quelqu'un vint que personne n'attendait plus, et Koumba moins que quiconque. C'était Demba, qui entrant dans la case de ses beaux-parents, leur dit :

— Je viens chercher ma femme.

— Mais, Demba, tu l'as répudiée !

— Je ne l'ai point répudiée.

On alla chercher Koumba dans sa case, que remplissaient amis, griots, prétendants et musiciens.

— Tu m'as dit de retourner chez ma mère, déclara Koumba, et elle ne voulut rien savoir pour reprendre le chemin de la case de son époux.

Il fallut aller trouver les vieux du village. Mais ceux-ci ne surent qui, de l'époux ou de l'épouse, avait raison ; qui des deux croire, ni que décider : Koumba était revenue toute seule dans la demeure de ses parents, d'où elle était partie en bruyante et joyeuse compagnie pour la case de son mari. Sept jours, puis sept autres jours et encore sept jours avaient passé et Demba n'était pas venu la réclamer, donc elle n'avait pas fui, selon toute vraisemblance, la couche de son époux ; une femme est chose trop nécessaire pour qu'on la laisse s'en aller sans motif grave. Cependant, une lune entière ne s'était pas écoulée depuis le départ de Koumba de la demeure de son mari et son retour dans la case familiale ; la séparation pouvait, si les époux voulaient s'entendre, ne pas être définitive, car Demba n'avait pas réclamé sa dot ni ses cadeaux. Et pourquoi ne les avait-il pas réclamés ?

— Parce que, justement, répondit Demba, je n'avais pas répudié ma femme.

— Parce que, justement, prétendit Koumba, tu m'avais répudiée.

En effet, l'époux qui répudie sa femme perd la dot payée aux beaux-parents et les cadeaux faits à la fiancée et ne peut plus les réclamer. Mais qui n'a pas chassé son épouse n'a à réclamer ni dot, ni cadeaux.

La question était trop claire pour la subtilité de

ces sages vieillards, qui les envoyèrent à ceux de
M'Boul. De M'Boul, Demba et Koumba furent à
N'Guiss, de N'Guiss à M'Badane, de M'Badane à
Thiolor. Koumba disait toujours : « Tu m'as répu-
diée », et Demba disait partout : « Je ne t'ai pas
répudiée. »

Ils allèrent de village en village et de pays en
pays, Demba regrettant sa case et son lit et les cale-
bassées de couscous, le riz si gras que l'huile en
ruisselait des doigts à la saignée du bras ; Koumba,
pensant à sa courte liberté, à sa cour empressée, aux
louanges des griots, aux accords des guitares.

Ils furent à Thioye, ils furent à N'Dour. L'un
disait toujours : non ! l'autre disait partout : si ! Les
marabouts, dans les pays musulmans, cherchaient
dans le Coran, feuilletaient le Farata et la Souna
dont les préceptes nouent et dénouent les liens du
mariage. Chez les Tiédos païens, les féticheurs inter-
rogeaient les canaris sacrés, les cauris rougis au jus
de colas et les poulets sacrifiés. Koumba disait partout : « Tu m'as répudiée. » Demba disait toujours :
« Je ne t'ai pas répudiée. »

Ils arrivèrent un soir enfin à Maka-Kouli.

Maka-Kouli était un village qui ne ressemblait à
aucun autre village. Dans Maka-Kouli, il n'y avait
pas un chien, il n'y avait pas un chat. Dans Maka-
Kouli, il y avait des arbres aux ombrages frais et
épais, tamariniers, fromagers et baobabs, il y avait
des tapates encerclant les demeures, des palissades
entourant la mosquée et les cours ensablées de la
mosquée ; il y avait des cases en paille et la mosquée en argile. Or arbres, tapates, paille des cases et
murs de la mosquée sont endroits où Khatj-le-chien,
malappris jusqu'en ses vieux jours, lève la patte à
tout instant ; et l'urine de chien plus que tout autre

urine, quelle que soit la partie du corps ou le pan du boubou qui y touche, réduit à néant la plus fervente des prières.

L'ombre des arbres est faite pour le repos des hommes et pour leurs palabres et non pour les urines des chiens, pas plus que le sable fin qui tapissait les cours de la mosquée, sable blanc comme du sucre que des âniers allaient chercher chaque lune sur les dunes qui bordent la mer, ne pouvait servir de dépotoir à Woundou-le-chat qui y cacherait ses incongruités. C'est pourquoi, dans Maka-Kouli, il n'y avait ni un chien ni un chat. Seuls s'y roulaient dans la poussière et se disputaient les os, pour s'amuser, les tout petits enfants qui ne savaient pas encore parler ; car, à Maka-Kouli, dès qu'un enfant pouvait dire à sa mère : « Maman, porte-moi sur ton dos », on l'envoyait à l'école apprendre le Fatiha et les autres sourates du Coran.

Demba et Koumba arrivèrent donc un soir à Maka-Kouli. Là demeurait, entouré de ses fervents disciples, Madiakaté-Kala, le grand marabout qui avait fait l'on ne savait plus combien de fois le pèlerinage de La Mecque.

Du matin au soir et souvent du soir au matin, ce n'était dans ce village que prières, récitations de litanies, louanges à Allah et à son prophète, lectures du Coran et des Hadits.

Demba et Koumba furent reçus dans la demeure de Madiakaté-Kala comme le sont, dans toutes les demeures, les voyageurs venus de très loin. Koumba dîna en compagnie des femmes et Demba partagea le repas des hommes.

Lorsque, tard dans la nuit, il fallut aller se coucher, Koumba refusa d'accompagner Demba dans la case qui leur avait été préparée :

« Mon mari m'a répudiée », expliqua Koumba ;
et elle raconta le retour des champs de Demba en
colère, les cris qu'elle avait subis et les coups
qu'elle avait reçus. Demba reconnut avoir crié, oh !
mais pas si fort qu'elle le prétendait ; il avoua avoir
levé la main sur sa femme, mais ce n'avait été que
quelques bourrades de rien du tout ; mais il ne
l'avait point répudiée.

— Si, tu m'as répudiée !

— Non, je ne t'ai point répudiée !

Et la discussion allait renaître lorsque Madiakaté-
Kala intervint et dit à Tara, la plus jeune de ses
femmes :

— Emmène Koumba avec toi dans ta case, nous
éclaircirons leur affaire demain, « inch allah ! »

Les deux époux allèrent donc se coucher chacun
de son côté, comme chaque soir depuis cette nuit de
malheur que Golo et sa tribu d'enfants gâtés, ignorant sans doute les conséquences de leurs actes, ou
s'en moquant tout simplement (ce qui était beaucoup plus probable car les singes savaient tout ce
qui se passait chez les hommes), avaient employée
à saccager le champ de pastèques.

Un jour nouveau se leva et semblable aux autres
jours de Maka-Kouli, s'écoula en labeur et en prières ; en labeur pour les femmes, en prières pour les
hommes.

Madiakaté-Kala avait dit la veille : « Nous éclaircirons leur affaire demain s'il plaît à Dieu. »

Cependant la journée passait sans qu'il ait ni
appelé ni interrogé les deux époux. Koumba avait
aidé les femmes aux soins du ménage et à la cuisine.
Demba avait participé aux prières des hommes et
écouté les commentaires du savant marabout.

Le soleil, sa journée terminée, avait quitté son

champ arrosé d'indigo où déjà, annonçant une belle récolte pour la nuit, poussaient les premières étoiles. Le muezzin, successivement aux quatre coins de la mosquée, avait lancé aux vents du soir l'izan, l'appel des fidèles à la prière du crépuscule.

Madiakaté-Kala, l'iman, guida ses talibés sur le long et rude chemin du salut si plein d'embûches.

Les corps se courbèrent, se plièrent, les fronts touchèrent le sable blanc comme du sucre, les têtes se redressèrent, les corps se relevèrent et les génuflexions se succédèrent au rythme des versets sacrés. À la dernière, les têtes se tournèrent à droite, puis à gauche, pour saluer l'ange de droite et l'ange de gauche.

À peine finit-il de dire : « Assaloumou aleykoum », que Madiakaté-Kala se retourna brusquement et demanda :

— Où est l'homme qui a répudié sa femme ?

— Me voici, répondit Demba au dernier rang des fidèles.

— Homme, ta langue a enfin devancé ton esprit ta bouche a consenti à dire la vérité.

« Dites à sa femme de retourner tranquillement z sa mère, son mari a reconnu devant nous tous l'avait répudiée. »

oilà pourquoi, dit Amadou Koumba, l'on parle e chez nous du jugement de Madiakaté-Kala.

LES MAMELLES

Quand la mémoire va ramasser du bois mort, elle rapporte le fagot qu'il lui plaît...

L'horizon bouché m'encercle les yeux. Les verts de l'été et les roux de l'automne en allés, je cherche les vastes étendues de la savane et ne trouve que les monts dépouillés, sombres comme de vieux géants abattus que la neige refuse d'ensevelir parce qu'ils furent sans doute des mécréants...

Mauvais tisserand, l'hiver n'arrive pas à égrener ni à carder son coton ; il ne file et tisse qu'une pluie molle. Gris, le ciel est froid, pâle, le soleil grelotte ; alors, près de la cheminée, je réchauffe mes membres gourds...

Le feu du bois que l'on a soi-même abattu et débité semble plus chaud qu'aucun autre feu...

Chevauchant les flammes qui sautillent, mes pensées vont une à une sur des sentiers que bordent et envahissent les souvenirs.

Soudain, les flammes deviennent les rouges reflets d'un soleil couchant sur les vagues qui ondulent. Les flots fendus forment, sur le fond qui fuit, des feux follets furtifs. Las de sa longue course, le paquebot contourne paresseusement la Pointe des Almadies...

— Ce n'est que ça les Mamelles ? avait demandé une voix ironique à côté de moi...

Eh ! oui ! Ce n'était que ça, les Mamelles, le point culminant du Sénégal. A peine cent mètres d'altitude. J'avais dû le confesser à cette jeune femme qui avait été si timide et si effacée au cours de la traversée, que je n'avais pu résister à l'envie de l'appeler Violette. Et c'est Violette qui demandait, en se moquant, si ce n'était que ça les Mamelles, et trouvait mes montagnes trop modestes.

J'avais eu beau lui dire que plus bas, puisqu'elle continuait le voyage, elle trouverait le Fouta-Djallon, les Monts du Cameroun, etc., etc. Violette n'en pensait pas moins que la nature n'avait pas fait beaucoup de frais pour doter le Sénégal de ces deux ridicules tas de latérites, moussus ici, dénudés là...

Ce n'est que plus tard, après ce premier retour au pays, bien plus tard, qu'au contact d'Amadou Koumba, ramassant les miettes de son savoir et de sa sagesse, j'ai su, entre autres choses, de beaucoup de choses, ce qu'étaient les Mamelles, ces deux bosses de la presqu'île du Cap-Vert, les dernières terres d'Afrique que le soleil regarde longuement le soir avant de s'abîmer dans la Grande Mer...

Quand la mémoire va ramasser du bois mort, elle rapporte le fagot qu'il lui plaît...

-:-

Ma mémoire, ce soir, au coin du feu, attache dans le même bout de liane mes petites montagnes, les

épouses de Momar et la timide et blonde Violette
pour qui je rapporte, en réponse, tardive peut-être, à
son ironique question, ceci que m'a conté Amadou
Koumba.

-:-

Lorsqu'il s'agit d'épouses, deux n'est point un
bon compte. Pour qui veut s'éviter souvent querelles, cris, reproches et allusions malveillantes, il
faut trois femmes ou une seule et non pas deux.
Deux femmes dans une même maison ont toujours
avec elles une troisième compagne qui non seulement n'est bonne à rien, mais encore se trouve être
la pire des mauvaises conseillères. Cette compagne
c'est l'Envie à la voix aigre et acide comme du jus
de tamarin.

Envieuse, Khary, la première femme de Momar,
l'était. Elle aurait pu remplir dix calebasses de sa
jalousie et les jeter dans un puits, il lui en serait
resté encore dix fois dix outres au fond de son cœur
noir comme du charbon. Il est vrai que Khary
n'avait peut-être pas de grandes raisons à être très,
très contente de son sort. En effet, Khary était bossue. Oh ! une toute petite bosse de rien du tout, une
bosse qu'une camisole bien empesée ou un boubou
ample aux larges plis pouvait aisément cacher. Mais
Khary croyait que tous les yeux du monde étaient
fixés sur sa bosse.

Elle entendait toujours tinter à ses oreilles les cris
de « Khary-khougué ! Khary-khougué ! » (Khary-
la-bossue !) et les moqueries de ses compagnes de
jeu du temps où elle était petite fille et allait comme
les autres, le buste nu ; des compagnes qui lui
demandaient à chaque instant si elle voulait leur prê-

ter le bébé qu'elle portait sur le dos. Pleine de rage, elle les poursuivait, et malheur à celle qui tombait entre ses mains. Elle la griffait, lui arrachait tresses et boucles d'oreilles. La victime de Khary pouvait crier et pleurer tout son saoul ; seules ses compagnes la sortaient, quand elles n'avaient pas trop peur des coups, des griffes de la bossue, car pas plus qu'aux jeux des enfants, les grandes personnes ne se mêlent à leurs disputes et querelles.

Avec l'âge, le caractère de Khary ne s'était point amélioré, bien au contraire, il s'était aigri comme du lait qu'un génie a enjambé, et c'est Momar qui souffrait maintenant de l'humeur exécrable de sa bossue de femme.

Momar devait, en allant aux champs, emporter son repas. Khary ne voulait pas sortir de la maison, de peur des regards moqueurs, ni, à plus forte raison, aider son époux aux travaux de labour.

Las de travailler tout le jour et de ne prendre que le soir un repas chaud, Momar s'était décidé à prendre une deuxième femme et il avait épousé Koumba.

A la vue de la nouvelle femme de son mari, Khary aurait dû devenir la meilleure des épouses, la plus aimable des femmes — et c'est ce que, dans sa naïveté, avait escompté Momar — il n'en fut rien.

Cependant, Koumba était bossue, elle aussi. Mais sa bosse dépassait vraiment les mesures d'une honnête bosse. On eût dit, lorsqu'elle tournait le dos, un canari de teinturière qui semblait porter directement le foulard et la calebasse posés sur sa tête. Koumba, malgré sa bosse, était gaie, douce et aimable.

Quand on se moquait de la petite Koumba-Khoughé du temps où elle jouait, buste nu, en lui demandant de prêter un instant le bébé qu'elle avait sur le dos, elle répondait, en riant plus fort que les autres : « Ça m'étonnerait qu'il vienne avec toi, il ne veut même pas descendre pour téter. »

Au contact des grandes personnes, plus tard, Koumba qui les savait moins moqueuses peut-être que les enfants, mais plus méchantes, n'avait pas changé de caractère. Dans la demeure de son époux, elle restait la même. Considérant Khary comme une grande sœur, elle s'évertuait à lui plaire. Elle faisait tous les gros travaux du ménage, elle allait à la rivière laver le linge, elle vannait le grain, et pilait le mil. Elle portait, chaque jour, le repas aux champs et aidait Momar à son travail.

Khary n'en était pas plus contente pour cela, bien au contraire. Elle était, beaucoup plus qu'avant, acariâtre et méchante, tant l'envie est une gloutonne qui se repaît de n'importe quel mets, en voyant que Koumba ne semblait pas souffrir de sa grosse bosse.

Momar vivait donc à demi heureux entre ses deux femmes, toutes deux bossues, mais l'une, gracieuse, bonne et aimable, l'autre, méchante, grognonne, et malveillante comme des fesses à l'aurore.

Souvent, pour aider plus longtemps son mari, Koumba emportait aux champs le repas préparé de la veille ou de l'aube. Lorsque binant ou sarclant depuis le matin, leurs ombres s'étaient blotties sous leurs corps pour chercher refuge contre l'ardeur du soleil, Momar et Koumba s'arrêtaient. Koumba faisait réchauffer le riz ou la bouillie, qu'elle partageait avec son époux ; tous deux s'allongeaient ensuite à l'ombre du tamarinier qui se trouvait au milieu du champ. Koumba, au lieu de dormir comme Momar, lui caressait la tête en rêvant peut-être à des corps de femme sans défaut.

-:-

Le tamarinier est, de tous les arbres, celui qui fournit l'ombre la plus épaisse ; à travers son feuillage que le soleil pénètre difficilement, on peut apercevoir, parfois, en plein jour, les étoiles ; c'est ce qui en fait l'arbre le plus fréquenté par les génies et les souffles, par les bons génies comme par les mauvais, par les souffles apaisés et par les souffles insatisfaits.

Beaucoup de fous crient et chantent le soir qui, le matin, avaient quitté leur village ou leur demeure, la tête saine. Ils étaient passés au milieu du jour sous un tamarinier et ils y avaient vu ce qu'ils ne devaient pas voir, ce qu'ils n'auraient pas dû voir : des êtres de l'autre domaine, des génies qu'ils avaient offensés par leurs paroles ou par leurs actes.

Des femmes pleurent, rient, crient et chantent dans les villages qui sont devenues folles parce qu'elles avaient versé par terre l'eau trop chaude d'une marmite et avaient brûlé des génies qui passaient ou qui se reposaient dans la cour de leur demeure. Ces génies les avaient attendues à l'ombre d'un tamarinier et avaient changé leur tête.

Momar ni Koumba n'avaient jamais offensé ni blessé, par leurs actes ou par leurs paroles, les génies ; ils pouvaient ainsi se reposer à l'ombre du tamarinier, sans craindre la visite ni la vengeance de mauvais génies.

Momar dormait ce jour-là, lorsque Koumba, qui cousait près de lui, crut entendre, venant du tamarinier, une voix qui disait son nom ; elle leva la tête et aperçut, sur la première branche de l'arbre, une vieille, très vieille femme dont les cheveux, longs et plus blancs que du coton égrené, recouvraient le dos.

— Es-tu en paix, Koumba ? demanda la vieille
femme.

— En paix seulement, Mame (Grand-mère),
répondit Koumba.

— Koumba, reprit la vieille femme, je connais
ton bon cœur et ton grand mérite depuis que tu
reconnais ta droite de ta gauche. Je veux te rendre
un grand service, car je t'en sais digne. Vendredi, à
la pleine lune, sur la colline d'argile de N'Guew, les
filles-génies danseront. Tu iras sur la colline lorsque
la terre sera froide. Quand le tam-tam battra son
plein, quand le cercle sera bien animé, quand sans
arrêt une danseuse remplacera une autre danseuse,
tu t'approcheras et tu diras à la fille-génie qui sera
à côté de toi :

— Tiens, prends-moi l'enfant que j'ai sur le dos,
c'est à mon tour de danser.

Le vendredi, par chance, Momar dormait dans la
case de Khary, sa première femme.

Les derniers couchés du village s'étaient enfin
retournés dans leur premier sommeil, lorsque
Koumba sortit de sa case et se dirigea vers la colline
d'argile.

De loin elle entendit le roulement endiablé du
tam-tam et les battements des mains. Les filles-
génies dansaient le sa-n'diaye, tournoyant l'une
après l'une au milieu du cercle en joie. Koumba
s'approcha et accompagna de ses claquements de
mains le rythme étourdissant du tam-tam et le tour-
billon frénétique des danseuses qui se relayaient.

Une, deux, trois... dix avaient tourné, tourné, faisant voler boubous et pagnes... Alors Koumba dit à
sa voisine de gauche en lui présentant son dos :

— Tiens, prends-moi l'enfant, c'est à mon tour.

La fille-génie lui prit la bosse et Koumba s'enfuit.

Elle courut et ne s'arrêta que dans sa case, où elle entra au moment même où le premier coq chantait.

La fille-génie ne pouvait plus la rattraper, car c'était le signal de la fin du tam-tam et du départ des génies vers leurs domaines jusqu'au prochain vendredi de pleine lune.

–:–

Koumba n'avait plus sa bosse. Ses cheveux finement tressés retombaient sur son cou long et mince comme un cou de gazelle. Momar la vit en sortant le matin de la case de sa première épouse, il crut qu'il rêvait et se frotta plusieurs fois les yeux. Koumba lui apprit ce qui s'était passé.

La salive de Khary se transforma en fiel dans sa bouche lorsqu'elle aperçut, à son tour, Koumba qui tirait de l'eau au puits ; ses yeux s'injectèrent de sang, elle ouvrit la bouche sèche comme une motte d'argile qui attend les premières pluies, et amère comme une racine de sindian ; mais il n'en sortit aucun son, et elle tomba évanouie. Momar et Koumba la ramassèrent et la portèrent dans sa case. Koumba la veilla, la faisant boire, la massant, lui disant de douces paroles.

Quand Khary fut remise sur pied, échappant à l'étouffement par la jalousie qui lui était montée du ventre à la gorge, Koumba, toujours bonne compagne, lui raconta comment elle avait perdu sa bosse et lui indiqua comment elle aussi devait faire pour se débarrasser de la sienne.

–:–

Khary attendit avec impatience le vendredi de

pleine lune qui semblait n'arriver jamais. Le soleil, traînant tout le long du jour dans ses champs, ne paraissait plus pressé de regagner sa demeure et la nuit s'attardait longuement avant de sortir de la sienne pour faire paître son troupeau d'étoiles.

Enfin ce vendredi arriva, puisque tout arrive.

Khary ne dîna pas ce soir-là. Elle se fit répéter par Koumba les conseils et les indications de la vieille femme aux longs cheveux de coton du tamarinier. Elle entendit tous les bruits de la première nuit diminuer et s'évanouir, elle écouta naître et grandir tous les bruits de la deuxième nuit. Lorsque la terre fut froide, elle prit le chemin de la colline d'argile où dansaient les filles-génies.

C'était le moment où les danseuses rivalisaient d'adresse, de souplesse et d'endurance, soutenues et entraînées par les cris, les chants et les battements de mains de leurs compagnes qui formaient le cercle, impatientes elles aussi de montrer chacune son talent, au rythme accéléré du tam-tam qui bourdonnait.

Khary s'approcha, battit des mains comme la deuxième épouse de son mari le lui avait indiqué ; puis, après qu'une, trois, dix filles-génies entrèrent en tourbillonnant dans le cercle et sortirent haletantes, elle dit à sa voisine :

— Tiens, prends-moi l'enfant, c'est à mon tour de danser.

— Ah non, alors ! dit la fille-génie. C'est bien à mon tour. Tiens, garde-moi celui-ci que l'on m'a confié depuis une lune entière et que personne n'est venu réclamer.

Ce disant, la fille-génie plaqua sur le dos de Khary la bosse que Koumba lui avait confiée. Le premier coq chantait au même moment, les génies disparurent et Khary resta seule sur la colline d'argile, seule avec ses deux bosses.

La première bosse, toute petite, l'avait fait souffrir à tous les instants de sa vie, et elle était là maintenant avec une bosse de plus, énorme, plus qu'énorme, celle-là ! C'était vraiment plus qu'elle ne pourrait jamais en supporter.

Retroussant ses pagnes, elle se mit à courir droit devant elle. Elle courut des nuits, elle courut des jours ; elle courut si loin et elle courut si vite qu'elle arriva à la mer et s'y jeta.

Mais elle ne disparut pas toute. La mer ne voulut pas l'engloutir entièrement.

Ce sont les deux bosses de Khary-Khougué qui surplombent la pointe du Cap-Vert, ce sont elles que les derniers rayons du soleil éclairent sur la terre d'Afrique.

Ce sont les deux bosses de Khary qui sont devenues les Mamelles.

N'GOR-NIÉBÉ

N'Gor Sène était un sérère de pure race, noir
charbon, un sérère de Diakhaw. S'il fut une fois de
sa vie à la barre de Sangomar, au bord de la grande
mer, N'Gor Sène n'alla jamais vers le nord ni vers
l'est. Il n'avait donc jamais entendu parler des malheurs de Mawdo, le vieux peulh, qui, là-bas, dans le
Macina, il y a de cela des années et des années,
s'était oublié un soir de palabre jusqu'à faire
entendre devant tout le monde un bruit incongru.
Chacun, vieux et jeunes, s'étant regardé et l'ayant
dévisagé ensuite, Mawdo s'était levé et, plongeant
dans la nuit, avait disparu vers le sud. Il avait
marché nuit et jour, il avait marché des lunes et des
lunes, il avait traversé le pays des markas, les terres
des bambaras, les villages des miniankas et les
champs bosselés des sénéfos qui ressemblent en sai-
son sèche à d'immenses cimetières. Il était resté sept
fois sept ans dans la forêt, au pays des hommes nus.
Puis, lentement, du pas d'un vieillard las et usé, il
s'en était retourné vers le Macina, la nostalgie des

vastes étendues desséchant son pauvre cœur. Il marcha encore des lunes et des lunes et arriva enfin un
soir sur les rives du Niger. D'immenses troupeaux
avaient traversé, ce jour-là, le fleuve gonflé et
rapide. Les bergers, recrus de fatigue, devisaient
autour des fagots flambant haut. Mawdo s'était
approché d'un foyer pour réchauffer ses membres
gourds et perclus lorsqu'il entendit :

— Je te dis que ce n'est pas si vieux que cela !

— Je t'assure que c'est plus vieux. Écoute, mon
père m'a dit que c'était l'« année du pet ».

Le vieux Mawdo entendit et, s'en retournant,
plongea dans la nuit et alla finir ses vieux jours là-
bas, là-bas, dans le sud...

N'Gor Sène n'avait jamais entendu parler des
malheurs de Mawdo, le pauvre vieux peulh ; cependant, depuis qu'il avait reconnu sa droite de sa
gauche, il n'avait jamais voulu manger des haricots.

Quelle que fût la manière dont on les préparât,
quelle que fût la sauce dont on les accommodât,
sauce à l'arachide pimentée ou à l'oseille acide,
quelle que fût la viande qui les accompagnât : côte-
lettes de chèvre ou cou de mouton, tranches de bœuf
ou d'antilope, N'gor n'avait jamais touché aux
niébés, jamais un grain de haricot n'avait franchi sa
bouche.

Chacun savait que N'Gor était celui-qui-ne-
mange-pas-de-haricots. Mais, explique qui pourra,
personne ne l'appelait plus par son nom. Pour tout
le monde il était devenu N'Gor-Niébé, pour ceux du
village et pour ceux du pays.

Agacés de le voir toujours refuser de s'accroupir
autour d'une calebasse où pointait une tache noire
du nez d'un niébé, ses camarades se jurèrent un jour
de lui en faire manger.

N'Dèné était une belle fille aux seins durs, à la croupe ferme et rebondie, au corps souple comme une liane, et N'Dèné était l'amie de N'Gor Sène. C'est elle que vinrent trouver les camarades de son ami qui lui dirent :

— N'Dèné, nous te donnerons tout ce que tu voudras : boubous, pagnes, argent et colliers, si tu arrives à faire manger des niébés à N'Gor qui commence vraiment à nous étonner, nous, ses frères, car il ne nous explique même pas les raisons de son refus. Aucun interdit n'a touché sa famille concernant les haricots.

Promettre à une femme jeune et jolie, à une coquette, pagnes et bijoux ! Que ne ferait-elle pour les mériter ? Jusqu'où n'irait-elle pas ? Faire manger à quelqu'un un mets qu'aucune tradition ne lui défend de toucher, quelqu'un qui dit vous aimer et qui vous le prouve tous les soirs ? Rien de plus aisé sans doute, et N'Dèné promit à son tour.

Trois nuits durant, N'Dèné se montra plus gentille et plus caressante qu'à l'accoutumée, lorsque griots, musiciens et chanteurs prenaient congé après avoir égayé les jeunes amants. Sans dormir un seul instant, elle massa, elle éventa, elle caressa N'Gor, lui chantant de douces chansons et lui tenant de tendres propos. Au matin de la troisième nuit, N'Gor lui demanda :

— N'Dèné, ma sœur et ma chérie, que désires-tu de moi ?

— N'Gor mon oncle, dit la jeune femme, mon aimé, tout le monde prétend que tu ne veux pas manger des haricots, même préparés par ta mère. Je voudrais que tu en manges faits de ma main, ne serait-ce qu'une poignée. Si tu m'aimes vraiment comme tu le dis, tu le feras, et moi seule le saurai.

— Ce n'est que cela, le plus grand de tes désirs ? Eh bien ! mon aimée, demain, tu feras cuire des haricots, et, lorsque la terre sera froide, je les mangerai, si c'est là la preuve qu'il te faut de mon grand amour.

Le soir, N'Dèné fit cuire des haricots, les accommoda à la sauce arachide, y mit piment, clous de girofle et tant d'autres sortes d'épices qu'on n'y sentait plus l'odeur ni le goût des haricots.

Quand N'Gor se retourna dans son deuxième sommeil, N'Dèné le réveilla doucement en lui caressant la tête et lui présenta la calebasse si appétissante.

N'Gor se leva, se lava la main droite, s'assit sur la natte, près de la calebasse, et dit à son amante :

— N'Dèné, il est dans Diakhaw une personne à qui tu donnerais ton nez pour qu'elle vive si elle venait à perdre le sien, une personne dont le cœur et le tien ne font qu'un, une amie pour laquelle tu n'as aucun secret, une seule personne à qui tu te confies sincèrement ?

— Oui ! fit N'Dèné.

— Qui est-ce ?

— C'est Thioro.

— Va la chercher.

N'Dèné alla chercher son amie intime. Quand Thioro arriva, N'Gor lui demanda :

— Thioro, as-tu une amie intime, la seule personne au monde pour qui tu ouvres ton cœur ?

— Oui ! dit Thioro, c'est N'Goné.

— Va dire à N'Goné de venir.

Thioro alla quérir N'Goné, sa plus-que-sœur. Quand N'Goné vint, N'Gor l'interrogea :

— N'Goné, as-tu une personne au monde à qui

ta langue ne cache aucun secret, pour qui ton cœur soit aussi clair que le jour ?

— Oui, c'est Djégane, dit la jeune femme.

Djégane arriva et déclara, à la question de N'Gor, que c'était avec Sira qu'elle partageait ses secrets. N'Gor lui dit d'aller chercher Sira, son amie intime. Sira vint et s'en fut appeler la seule confidente de sa vie, Khary. Khary partit et ramena celle avec qui elle échangeait les plus intimes secrets. Tant et si bien que, dans la case, N'Gor, accroupi devant sa calebasse de haricots, se trouva entouré de douze femmes venues appelées l'une par l'autre.

— N'Dèné ma sœur, dit-il alors, je ne mangerai jamais de haricots. S'il m'était arrivé de manger ces niébés préparés par toi ce soir, demain toutes ces femmes l'auraient su, et, d'amies intimes en amies intimes, de femmes à maris, de maris à parents, de parents à voisins, de voisins à compagnons, tout le village et tout le pays l'auraient su.

Et dans la nuit, N'Gor Sène s'en retourna dans sa case, pensant que c'est le premier toupet de Kotj Barma qui avait raison : « Donne ton amour à la femme, mais non ta confiance. »

MAMAN-CAÏMAN

Les bêtes les plus bêtes des bêtes qui volent, marchent et nagent, vivent sous la terre, dans l'eau et dans l'air, ce sont assurément les caïmans qui rampent sur terre et marchent au fond de l'eau.

— Cette opinion n'est pas mienne, dit Amadou Koumba, elle appartient à Golo, le singe. Bien que tout le monde soit d'accord sur ce point que Golo est le plus mal embouché de tous les êtres, étant le griot de tous, il finit par dire les choses les plus sensées, selon certains, ou du moins par faire croire qu'il les dit, affirment d'autres.

Golo disait donc, à qui voulait l'entendre, que les Caïmans étaient les plus bêtes de toutes les bêtes, et cela, parce qu'ils avaient la meilleure mémoire du monde.

L'on ne sait si c'était, de la part de Golo, louange ou blâme, un jugement émis par envie ou par dédain. En matière de mémoire, en effet, le jour où le Bon Dieu en faisait la distribution, Golo avait dû arriver certainement en retard. Sa tête légère, malgré

sa grande malice, oublie bien vite, aux dépens de
ses côtes et de son derrière pelé, les mauvais tours
qu'il joue à chacun et tout le temps. Son opinion sur
les caïmans, il avait pu donc l'émettre un jour que
l'un des siens avait eu maille à partir avec Diassigue, la mère des caïmans, qui, sans aucun doute,
s'était vengée un peu trop rudement d'une toute
petite taquinerie.

Diassigue avait bonne mémoire. Elle pouvait
même avoir la mémoire la meilleure de la terre, car
elle se contentait de regarder, de son repaire de vase
ou des berges ensoleillées du fleuve, les bêtes, les
choses et les hommes, recueillant les bruits et les nou-
velles que les pagaies confient aux poissons bavards,
des montagnes du Fouta-Djallon à la Grande Mer où
le soleil se baigne, sa journée terminée. Elle écoutait
les papotages des femmes qui lavaient le linge, récu-
raient les calebasses ou puisaient de l'eau au fleuve.
Elle entendait les ânes et les chameaux qui, venus de
très loin, du nord au sud, déposaient un instant leurs
fardeaux de mil et leurs charges de gomme et se désaltéraient longuement. Les oiseaux venaient lui raconter ce que sifflaient les canards qui passaient,
remontant vers les sables.

Donc Diassigue avait une bonne mémoire ; et,
tout en le déplorant, au fond de lui-même, Golo le
reconnaissait. Quant à sa bêtise, Golo exagérait en
l'affirmant, et même, il mentait comme un bouffon
qu'il était. Mais le plus triste dans l'affaire, c'est
que les enfants de Diassigue, les petits caïmans,
commençaient à partager l'opinion des singes sur
leur mère, imitant en cela Leuk-le-Lièvre, le malin
et malicieux lièvre, dont la conscience est aussi
mobile que les deux savates qu'il porte accrochées
à la tête, du jour où il les enleva pour mieux courir,

et qui, depuis, lui servent d'oreilles. Thile-le-Chacal,
que la peur d'un coup venu d'on ne sait jamais où,
fait toujours courir, même sur les sables nus, à droite
et à gauche, pensait aussi comme Golo, comme
Leuk, comme Bouki-l'Hyène, poltronne et voleuse,
dont le derrière semble toujours fléchir sous une
volée de gourdins ; comme Thioye-le-Perroquet,
dont la langue ronde heurte, sans arrêt, le bec qui
est un hameçon accrochant tous les potins et racon-
tars qui volent aux quatre vents. Sègue-la-Panthère,
à cause de sa fourberie, aurait, peut-être, volontiers
partagé l'opinion de tous ces badolos de basse
condition, mais elle gardait trop rancune à Golo des
coups de bâton qui lui meurtrissaient encore le
mufle et que Golo lui administrait chaque fois
qu'elle essayait de l'attraper en bondissant jusqu'aux dernières branches des arbres.

Les enfants de Diassigue commençaient donc,
eux aussi, à croire que Golo disait la vérité. Ils trou-
vaient que leur mère radotait parfois un peu trop
peut-être.

C'était lorsque, lasse des caresses du soleil, ou
fatiguée de regarder la lune s'abreuver sans arrêt
plus de la moitié de la nuit, ou dégoûtée de voir
passer les stupides pirogues, nageant, le ventre en
l'air, sur le fleuve qui marche aussi vite qu'elles,
Diassigue réunissait sa progéniture et lui racontait
des histoires, des histoires d'Hommes, pas des histoires de Caïmans, car les caïmans n'ont pas d'histoires. Et c'est peut-être bien cela qui vexait, au lieu
de les réjouir, les pauvres petits caïmans.

Maman-Caïman rassemblait donc ses enfants et
leur disait ce qu'elle avait vu, ce que sa mère avait
vu et lui avait raconté et ce que la mère de sa mère
avait raconté à sa mère.

Les petits caïmans bâillaient souvent quand elle leur parlait des guerriers et des marchands de Ghâna que leur arrière-grand-mère avait vu passer et repasser les eaux pour capturer des esclaves et chercher l'or de N'Galam. Quand elle leur parlait de Soumangourou, de Soun Diata Kéita et de l'empire de Mali. Quand elle leur parlait des premiers hommes à la peau blanche que sa grand-mère vit se prosternant vers le soleil naissant après s'être lavé les bras, le visage, les pieds et les mains ; de la teinte rouge des eaux après le passage des hommes blancs qui avaient appris aux hommes noirs à se prosterner comme eux vers le soleil levant. Cette teinte trop rouge du fleuve avait forcé sa grand-mère à passer par le Bafing et le Tinkisso du fleuve Sénégal dans le roi des fleuves, le Djoliba, le Niger, où elle retrouva encore des hommes aux oreilles blanches qui descendaient aussi des pays des sables. Sa grand-mère y avait encore vu des guerres et des cadavres ; des cadavres si nombreux que la plus goulue des familles caïmans en eût attrapé une indigestion pendant sept fois sept lunes. Elle y avait vu des empires naître et mourir des royaumes.

Les petits caïmans bâillaient quand Diassigue racontait ce que sa mère avait vu et entendu : Kouloubali défaisant le roi du Manding. N'Golo Diara qui avait vécu trois fois trente ans et avait battu, la veille de sa mort, le Mossi. Quand elle leur parlait de Samba Lame, le toucouleur, qui avait été maître du fleuve, maître de Brack-Oualo, maître du Damel, roi du Cayor et maître des Maures, ce qui rend encore si vaniteux les pêcheurs toucouleurs qui chantent sa gloire au-dessus de la tête des petits caïmans et troublent souvent leurs ébats avec leurs longues perches.

Quand Diassigue parlait, les petits caïmans bâillaient ou rêvaient d'exploits de caïmans, de rives lointaines d'où le fleuve arrachait des pépites et du sable d'or, où l'on offrait, chaque année, aux caïmans, une vierge nubile à la chair fraîche.

Ils rêvaient à ces pays lointains, là-bas au Pinkou, où naissait le soleil, à des pays où les caïmans étaient des dieux, à ce que leur avait raconté, un jour, Ibis-le-Pèlerin, le plus sage des oiseaux.

Ils rêvaient d'aller là-bas dans les lacs immenses du Macina, entendre les chants des rameurs Bozos et savoir s'il est bien vrai, à ce que leur avait dit Dougoudougou, le petit canard, que ces chants ressemblaient davantage à ceux des femmes du Oualo, qui venaient laver leur linge tout près de leurs trous, qu'à ceux des piroguiers Somonos, dont les ancêtres étaient venus des montagnes du sud, sur les rives du Niger à... à l'époque où la mère de Diassigue remontait le grand fleuve.

Ils rêvaient du Bafing et du Bakoy, du fleuve bleu et du fleuve blanc qui se rejoignaient là-bas, à Bafoulabé, et donnaient le fleuve qu'ils habitaient. Ils rêvaient de ces lieux d'épousailles où, à ce que racontaient les Poissons-Chiens, rien ne séparait les eaux des deux fleuves, qui cependant gardaient chacun, longtemps, longtemps, sa couleur. Ils auraient voulu, rêve de petits caïmans, nager à la fois dans l'eau des deux fleuves, un côté du corps dans le fleuve bleu, l'autre côté dans le fleuve blanc et l'arête du dos au soleil brûlant.

Ils rêvaient souvent de faire le même chemin que leur arrière-grand-mère, de passer du Sénégal au Niger par le Bafing et le Tinkisso. Comme les dents de leurs parents, les rêves des petits caïmans poussaient indéfiniment... Ils rêvaient de hauts faits de caïmans et Diassigue, la Maman-Caïman, ne savait leur raconter que des histoires d'hommes ; elle ne savait leur parler que de guerres, de massacres d'hommes par d'autres hommes...

Voilà pourquoi les petits caïmans étaient prêts à partager l'opinion de Golo sur leur mère, opinion que leur avait rapportée Thioker-le-Perdreau, le plus cancanier des oiseaux.

–:–

Un matin, des corbeaux passèrent très haut au-dessus du fleuve en croassant :

Un soleil tout nu — un soleil tout jaune
Un soleil tout nu d'aube hâtive
Verse des flots d'or sur la rive
Du fleuve tout jaune...

Diassigue sortit de son trou, à flanc de rive, et regarda les corbeaux s'éloigner.

Au milieu du jour, d'autres corbeaux suivirent, qui volaient plus bas et croassaient :

Un soleil tout nu — un soleil tout blanc
Un soleil tout nu et tout blanc
Verse des flots d'argent
Sur le fleuve tout blanc...

Diassigue leva le nez et regarda les oiseaux s'éloigner...

Au crépuscule, d'autres corbeaux vinrent se poser sur la berge et croassèrent :

Un soleil tout nu — un soleil tout rouge

Un soleil tout nu et tout rouge
Verse des flots de sang rouge
Sur le fleuve tout rouge...

Diassigue s'approcha, à pas larges et mesurés, son ventre flasque raclant le sable et leur demanda ce qui avait motivé leur déplacement et ce que signifiait leur chant.

— Brahim Saloum a déclaré la guerre à Yéli, lui dirent les corbeaux.

Toute émue, Diassigue rentra précipitamment chez elle.

— Mes enfants, dit-elle, l'émir du Trarza a déclaré la guerre au Oualo. Il nous faut nous éloigner d'ici.

Alors le plus jeune des fils caïmans interrogea :

— Mère, que peut nous faire, à nous, caïmans, que les Ouoloffs du Oualo se battent contre les Maures du Trarza ?

— Mon enfant, répondit Maman-Caïman, l'herbe sèche peut enflammer l'herbe verte. Allons-nous-en !

Mais les petits caïmans ne voulurent pas suivre leur mère.

-:-

Dès qu'avec son armée il eut traversé le fleuve et mis le pied sur la rive nord, sur la terre de Ghânar, Yéli devina l'intention de son ennemi : l'éloigner le plus possible du fleuve. En effet, les Maures, qui étaient venus jusqu'au fleuve lancer défi à ceux du Oualo, semblaient maintenant fuir devant les Ouoloffs. Ils ne voulaient livrer bataille que loin, bien loin au nord, dans les sables, quand les noirs ne verraient plus le fleuve qui les rendait invincibles chaque fois qu'ils s'y trempaient et y buvaient avant les combats. Yéli, avant de poursuivre ceux du Trarza, ordonna à ses hommes de remplir les outres que portaient les chameaux et les ânes et défense leur fut faite d'y toucher avant que l'ordre n'en fût donné.

Pendant sept jours, l'armée du Oualo poursuivit les Maures ; enfin Brahim Saloum fit arrêter ses guerriers, jugeant les Ouoloffs assez éloignés du fleuve pour souffrir de la soif dès les premiers engagements et la bataille s'engagea.

Les terribles combats durèrent sept jours pendant lesquels chaque Ouoloff eut à choisir son Maure et chaque Maure eut à combattre son noir. Yéli dut se battre seul contre Brahim Saloum et ses cinq frères. Il tua l'émir le premier jour. Pendant cinq jours, il tua, chaque jour un frère. Le septième jour, il ramassa sur le champ de bataille, abandonné par l'armée du Trarza, le fils de Brahim Saloum. L'héritier du royaume maure portait une blessure au flanc droit. Yéli le ramena avec lui, dans sa capitale.

Tous les marabouts et tous les guérisseurs furent appelés pour soigner le jeune prince captif. Mais tous les soins qui lui étaient prodigués paraissaient aggraver la blessure.

-:-

Un jour, vint enfin à la cour de Brack-Oualo, une vieille, très vieille femme, qui ordonna le remède efficace.

Ce remède c'était : en application, trois fois par jour, sur la plaie, de la cervelle fraîche de jeune caïman.

LES MAUVAISES COMPAGNIES

I

Vivre seul et se moquer d'autrui, se moquer d'autrui, de ses soucis comme de ses succès, c'est là, sans conteste, un sage et raisonnable parti. Mais ignorer absolument les rumeurs, les potins, et les cancans, cela peut amener parfois des désagréments au solitaire.

Si Kakatar-le-Caméléon, le Caméléon sage et circonspect jusque dans sa démarche, avait frayé plus souvent avec les habitants de la brousse ou même avec ceux des villages, il aurait su ce que tout un chacun pensait de Golo-le-Singe. Il aurait connu l'opinion des hommes et le sentiment des bêtes à l'endroit de cet être malfaisant, mal élevé, mal embouché, querelleur et malicieux, menteur et débauché, dont la tête n'était pleine que de vilains tours à jouer au prochain. Il aurait su pourquoi Golo

avait les paumes des mains noires à force de toucher
à tout, et les fesses pelées et rouges d'avoir reçu tant
de coups. Leuk-le-Lièvre lui aurait sans doute dit
pourquoi Golo n'était pas un compagnon souhaita-
ble ; Thile-le-Chacal, Bouki-l'Hyène et même
Bakhogne-le-Corbeau lui auraient appris pourquoi
Golo n'était pas à fréquenter assidûment. M'Botte-
le-Crapaud lui aurait avoué que, pour sa part, jamais
dans sa famille personne n'avait fait de Bagg-le-
Lézard son compagnon de route, car il y a compagnon et compagnon ; et que sans nul doute, la
société de Golo-le-Singe n'était pas faite pour lui,
Caméléon.

Mais Kakatar ne hantait pas les mêmes parages
que tous ceux-là ; et, s'il lui advenait d'aventure
d'en aviser un sur son hésitante et titubante route, il
savait prendre la teinte des objets qui l'entouraient
jusqu'à ressembler à l'écorce d'un vieux baobab,
aux feuilles mortes qui lui servaient alors de lit, ou
aux herbes vertes contre lesquelles il s'adossait.

Un jour, cependant, au bord d'un sentier, Golo-
le-Singe, qui passait en gambadant, put distinguer
Kakatar collé contre le flanc d'une termitière.

— Oncle Kakatar, as-tu la paix ? salua Golo
d'une voix doucereuse.

Force fut au taciturne solitaire, dont l'humeur
était moins changeante que la couleur de la peau, de
répondre à la politesse. Car « Assalamou aleykoum » n'est pas plus beau que « Aleykoum
salam », et l'on doit payer, l'on peut payer cette
dette sans s'appauvrir. Et puis, rendre un salut n'a
jamais écorché la bouche.

— La paix seulement ! répondit donc Kakatar, de
mauvaise grâce, il est vrai. Mais il ne connaissait

pas assez Golo, s'il pensait être débarrassé de lui à si peu de frais.

— Où donc se dirigeaient vos jambes si sages, mon oncle ? s'enquit le curieux.

— Je m'en allais vers N'Djoum-Sakhe[1], expliqua Kakatar, que le singe approchait de si près qu'il commençait à prendre la teinte du pelage de son interlocuteur. Ce que voyant, et sans doute aussi la ressemblance aidant de leurs queues qui leur servaient à tous deux parfois de cinquième main, Golo se crut autorisé à plus de familiarité :

— Eh bien ! oncle, je t'accompagne et je me ferai facilement à ton allure.

Ils s'en allèrent donc tous deux vers N'Djoum-Sakhe, Golo essayant en vain, dès les premiers pas de se régler à l'allure balancée et hésitante de son compagnon qui tâtait d'abord l'air et semblait à chaque instant chercher s'il n'y avait pas une épine sur son chemin. N'y tenant plus, Golo se mit à trotter à droite et à gauche, devant et derrière, pour revenir de temps à autre tenir un petit propos à son compagnon.

Le sentier n'était pas long qui menait à N'Djoum-Sakhe, mais l'allure de ces voyageurs, dont l'un avait toujours l'air de marcher sur des braises ardentes et sautillait tout le temps et dont l'autre semblait avancer sur un troupeau de hérissons, l'allure de ces deux voyageurs n'était pas des plus rapides. Le soleil ardait dur et dru au-dessus de leurs têtes qu'ils n'avaient pas encore parcouru la moitié de la moitié du sentier de N'Djoum-Sakhe. Golo et Kakatar s'arrêtèrent à l'ombre déchiquetée d'un pal-

---

(1) *N'Djoum-Sakhe :* Vise-grenier = pas bien loin.

mier, en haut duquel pendait une gambe, une cale-
basse-gourde.

— Tiens, fit Golo, qui était au courant de tout,
tiens, N'Gor espère ce soir une bonne récolte de vin
de palme ; mais nous mouillerons bien nos gorges
avant lui, car il fait vraiment trop chaud.

— Mais ce vin de palme n'est pas à nous ! s'ahu-
rit Caméléon.

— Et puis après ? interrogea le Singe.

— Mais le bien d'autrui s'est toujours appelé :
« laisse ».

Golo ne releva même pas la remarque ; il était
déjà en haut du palmier, il avait décroché la gourde
et buvait à grands traits. Quand il eut tout vidé du
liquide frais, mousseux et pétillant, il laissa choir la
gourde, qui faillit écraser son compagnon. Il redes-
cendit et déclara :

— Le vin de palme de N'Gor était vraiment délicieux. Nous pouvons continuer notre chemin, mon
oncle.

Et ils repartirent. Ils n'étaient pas encore bien loin
du palmier lorsqu'ils entendirent derrière eux des
pas plus assurés et plus pesants que les leurs. C'était
N'Gor qui avait retrouvé sa gourde en miettes au
pied de l'arbre, et non, comme il s'y attendait avec
juste raison, là-haut, au flanc du palmier et remplie
de vin de palme. Quand Golo, qui s'était retourné,
l'aperçut, il pensa tout d'abord à se sauver et laisser
son compagnon s'expliquer avec l'homme ; mais il
n'eût pas été digne de sa race s'il avait agi aussi
simplement. Pensez donc ! et si Kakatar s'expliquait
avec N'Gor et l'accusait, lui, Golo, qui prenait la
fuite, pas assez loin certainement ni assez longtemps
sans doute pour ne point tomber un jour ou l'autre
entre les mains du saigneur de palmiers. Il s'arrêta

donc et dit à son compagnon d'en faire autant, ce qui ne demandait pas beaucoup d'efforts à celui-ci. N'Gor vint à eux avec la colère que l'on devine :

— On a volé mon vin de palme et cassé ma gourde. Connaissez-vous le coupable, si ce n'est l'un de vous deux ?

Caméléon se tut, se gardant bien d'accuser son compagnon de route.

— Moi, je le connais, fit le Singe.

Kakatar tourna un œil et regarda Golo.

— C'est celui-là, fit ce dernier en désignant d'un index le Caméléon.

— Comment, c'est moi ? suffoqua Kakatar, c'est toi qui l'a bu !

— N'Gor, dit le Singe, nous allons marcher tous les deux, ce menteur et moi, et tu verras que c'est celui qui titube qui a bu ton vin de palme.

Ayant dit, il marcha, s'arrêta bien droit :

— Suis-je ivre, moi ? demanda-t-il, puis il commanda : Marche maintenant, toi, Caméléon, toi qui dit ne pas être ivre.

Kakatar avança, puis s'arrêta en titubant, comme le font tous les Caméléons de la terre.

— Regarde, N'Gor, dit Golo, un buveur ne peut se cacher.

N'Gor prit Kakatar-le-Caméléon, le battit vigoureusement et lui dit en l'abandonnant :

— Si je ne t'ai pas tué cette fois-ci, remercie le bon Dieu et ton camarade.

N'Gor s'en retourna vers son palmier, et les deux voyageurs reprirent leur chemin. Vers le soir, ils atteignirent les champs de N'Djoum-Sakhe.

— J'ai froid, dit Kakatar, nous allons, pour me réchauffer, mettre le feu à ce champ.

— Non pas, certes, dit le Singe.

— Je te dis que nous allons incendier ce champ, affirma Caméléon, qui alla chercher un tison et mit le feu au champ.

Mais il n'en brûla qu'une partie et le feu s'éteignit vite. Les gens de N'Djoum-Sakhe avaient cependant aperçu la flambée. Ils étaient accourus et s'informaient :

— Qui a mis le feu à ce champ ?

— Je ne sais pas, j'ai vu la flamme et je me suis approché, déclara Kakatar.

— Comment ? s'étonna le Singe, tu ne veux pas insinuer que c'est moi qui ai incendié ce champ ?

— Puisqu'il ne veut pas avouer que c'est lui le coupable, regardez donc nos mains.

Ayant dit, le Caméléon tendit ses mains, la paume en était blanche et nette.

— Fais voir les tiennes maintenant, toi qui dis ne pas être l'incendiaire, commanda Kakatar.

Golo tendit ses mains, la paume en était noire comme celle de toutes les mains de tous les singes de la terre.

— Regardez, triompha le Caméléon, l'incendiaire ne peut se cacher.

On attrapa Golo, qui se souvient encore certainement de la correction qu'il reçut et qui, depuis ce temps-là, ne fréquenta plus jamais Kakatar-le-Caméléon.

LES MAUVAISES COMPAGNIES

II

Koupou-Kala, le Crabe aux longs yeux qui se balancent à droite et à gauche, Crabe qui n'a que deux doigts à chaque main, mais possède quatre pattes de chaque côté du ventre, ne sortait pas la journée durant et vivait tant que le soleil chauffait dans sa case sans lumière creusée dans l'argile. Il ne mettait le nez dehors que la nuit venue, quand les troupeaux d'étoiles entraient dans les pâturages du ciel. Pour ses sorties, Crabe choisissait de préférence les nuits où la lune fatiguée confiait à Bouki-l'Hyène la garde des troupeaux et non à Khand-n'dére-le-Tesson-de-canari. Car Crabe savait que Bouki mangeait un grand nombre d'étoiles et que la nuit en était plus sombre, tandis que Tesson-de-canari, en berger consciencieux, défendait le troupeau contre tout le monde, contre Bouki-l'Hyène, contre Sègue-la-Panthère, contre Gayndé-le-Lion, contre Thile-le-Chacal ; et le firmament, même en l'absence de Vère-la-Lune, était encore trop clair au gré de Koupou-Kala.

En ce temps-là, Crabe avait le dos rond, et c'était pour voir ce qui se passait derrière lui qu'il avait mis ses yeux au bout de deux petits bâtons. En ce temps-là aussi, il marchait, comme tout le monde sur terre, droit devant lui, et reculait comme chacun quand quelque chose l'effrayait dans la nuit noire.

Dans ses sorties nocturnes, il n'entrevoyait que N'Djougoupe-la-Chauve-souris à la gueule de chien, aux ailes en peau, il n'entendait que le hululement de la mère Chouette, la plus grande sorcière des bêtes de nuit. Il ne risquait donc point de croiser sur son obscur chemin Kakatar-le-Caméléon, le sage Caméléon aux pas circonspects, qui ne déambulait que sous le soleil brûlant. L'envie eût-elle même pris le sage lambin de s'aventurer à la lueur des étoiles ou au clair de lune, que Crabe ne l'eût certainement pas remarqué, occupé qu'il était tout le temps à la quête de sa pitance. Crabe l'eût-il même par impossible remarqué, que fort probablement Kakatar n'aurait pas condescendu à lui raconter ce qui lui arriva le jour où il alla sur le sentier de N'Djoum-Sakhe en la compagnie de Golo-le-Singe. Kakatar le lui eût-il raconté, que sans aucun doute, Koupou-Kala n'en aurait tenu compte, et il s'en serait même moqué. Car, fréquentant la Nuit, Crabe pensait avoir beaucoup appris et croyait en savoir plus que beaucoup d'autres qui ne vivaient que le jour.

Un jour, trouver à manger devint difficile sous le soleil, et impossible en pleine nuit. Force fut à Koupou-Kala de ne point rentrer avant l'aurore et de continuer sa tournée pour avoir de quoi remplir son ventre ; c'est ainsi qu'il rencontra Kantioli-le-Rat.

Kantioli, lui aussi habitait sous terre, mais il sortait de nuit comme de jour ; seulement, il marchait tellement vite à croire qu'il avait peur de sa longue queue ; il marchait tellement vite qu'il n'avait même pas le temps de lancer un bonjour aux gens qu'il croisait sur son chemin. Encore moins avait-il le temps de s'attarder à des palabres, à écouter potins et ragots, à entendre celui-ci, à prêter son oreille pointue à celui-là. Il voyait bien, sur sa route, et cela chaque jour que Dieu faisait, M'Bott-le-Crapaud, Leuk-le-Lièvre et d'autres encore, dont Golo-le-Singe. Il n'avait jamais pris langue avec aucun d'eux ni reçu conseil de personne concernant ses relations. Golo ne l'avait pas arrêté à l'ombre épaisse d'un tamarinier, ni au pied d'une termitière, pour lui narrer ce qui lui était arrivé le jour où — par charité, aurait certainement prétendu l'impudent — il avait accompagné le lent, hésitant et indécis Kakatar sur le sentier de N'Djoum-Sakhe.

Des conseils des uns et des cancans des autres, Kantioli-le-Rat aurait peut-être tiré une leçon, à savoir : en matière de fréquentations, mieux vaut choisir ceux de sa race et de sa condition. Mais Rat était toujours trop pressé dans ses courses pour écouter et entendre quiconque, bien qu'il sût le plus souvent en quels lieux aller tout droit pour trouver sa nourriture.

Son allure fut cependant plus lente, moins franche et moins décidée ce jour où trouver à manger était devenu difficile et c'est pour cela qu'il s'arrêta en croisant Koupou-Kala-le-Crabe et salua celui-ci fort poliment :

— « Djâma n'ga fanane ? » (As-tu passé la nuit en paix ?) oncle Crabe ?

— « Djâma rek ! » (en paix seulement !)

Crabe, comme on peut le penser, ne disait pas tout à fait la vérité en rendant son salut. Mais allez donc vous servir d'une formule de politesse autre que celle que votre père et le père de votre père ont toujours employée. Lorsqu'on est bien élevé, répond-on que l'on va mal à quelqu'un qui s'inquiète de votre santé ? Cela ne s'est jamais entendu et ne s'entendra jamais tant qu'il y aura des gens qui ont reçu un semblant d'éducation. Serait-on à l'agonie que l'on doit toujours répondre, lorsque l'on a su un peu vivre, que l'on est en paix, en paix seulement. « Djâma rek ! » Que le corps est en paix, en paix seulement, « djâma rek ! », le corps souffrirait-il de dix et sept maux ; que la maison est en paix, en paix seulement, « djâma rek ! » n'y aurait-il rien à manger, et les femmes s'y disputeraient-elles de l'aube au crépuscule et bouderaient-elles du crépuscule à l'aurore.

Non encore au terme de sa quête infructueuse et de ses démarches inutiles jusque-là, Koupou-Kala ne fit donc aucun effort pour répondre selon l'usage au salut de Kantioli qui continuait à interroger :

— Où donc te conduisent tes nombreuses et savantes pattes ?

La question, bien que normale et attendue de tout voyageur poli rencontré sur son chemin, dut paraître sans doute oiseuse à Crabe, car c'est d'une voix plus que sèche qu'il répondit :

— Probablement sur le même chemin où te mènent les quatre tiennes. Sur le chemin qui remplira mon ventre.

Rat ne parut point se vexer du ton peu amène de

son interlocuteur, et c'est fort gentiment qu'il proposa :

— Eh bien ! nous allons faire route ensemble.

Crabe acquiesça des deux yeux qu'il rabattit puis releva, et ils s'en allèrent.

Au milieu du jour, ils arrivèrent au pied d'un palmier dont les cheveux, attendant toujours que le ciel les tresse, entouraient des amandes gonflées de chair.

— Va chercher un régime d'amandes, toi qui grimpes si bien et qui as des dents si pointues, dit Koupou-Kala à Rat.

Rat grimpa, rongea le pied d'un régime et cria :

— Attrape, Crabe !

— Attends, dit Crabe, il faut que j'aille chercher de quoi me faire un coussinet pour la tête avant de porter le régime.

Et il s'en alla.

Il s'en alla trouver Fêtt-la-Flèche, qui, en ce temps-là, avait déjà le nez pointu, mais n'avait pas encore été chez Teug-le-Forgeron pour y mettre un bout de fer ; pour voler plus loin et plus haut, Fêtt se mettait aussi parfois deux plumes au derrière.

— Fêtt, demanda Crabe, si tu vois Kantioli-le-Rat, est-ce que tu seras capable de le toucher en haut d'un très haut palmier ?

— Certainement, répondit Fêtt-le-Flèche, que semblait indigner pareille question où perçait un doute sur sa puissance. Que mon père Khâla-l'Arc m'y envoie et tu verras !

— Nous le verrons, fit Crabe. Nous le verrons quand je dirai : allons-y !

Il s'en alla plus loin et rencontra Makhe-le-Termite :

— Mère Makhe, grande dévoreuse de bois mort,

interrogea-t-il, si tu voyais Fêtt qui vole si vite,
même sans ailes, et son père Khâla, pourrais-tu leur
faire un boubou d'argile avant de les avaler ?

— Sans aucun doute je le pourrai, affirma mère
Termite.

— Nous le verrons, quand je dirai : allons-y !

Et Crabe continua sa route et croisa Sékheu-le-
Coq, à qui il demanda :

— Sékheu, toi qui réveilles le monde et remplis
de terreur Mélinte-la-Fourmi, la terrible Fourmi, si
tu rencontres Makhe-le-Termite, n'aurais-tu pas
peur pour ton bec devant cette mangeuse de bois
mort ? Oserais-tu la piquer ?

— Montre-moi une termite et tu verras, fit simplement le Coq.

— Nous le verrons quand je dirai : allons-y !
Attends-moi là dit Crabe, qui s'en alla trouver Thile-
le-Chacal.

— Thile, lui dit-il, si tu trouvais, sur ton chemin,
Sékheu-le-Coq si vaniteux, qui fait tant de bruit et
empêche le monde de dormir, pourrais-tu le saisir ?

— Bien sûr ! déclara Thile-le-Chacal.

— Nous le verrons quand je dirai : allons-y !

Et Crabe s'en alla voir Khatj-le-Chien.

— Khatj, peux-tu attraper Thile-le-Chacal qui ne
marche ni ne court tout droit ?

— « Wawaw ! Wawaw ! » (Oui ! Oui !) répondit
le Chien.

— Nous le verrons quand je dirai : allons-y !
Viens avec moi.

Et Crabe retourna sur ses pas, accompagné de
Khatj-le-Chien. En chemin, il dit à Thile-le-Chacal,
à Makhe-la-Termite, à Sékheu-le-Coq, de suivre ; il
prit Fêtt-la-Flèche et son père Khâla-l'Arc.

Quand ils furent tous au pied de l'arbre, au sommet duquel Kantioli-le-Rat attendait toujours, tenant son régime d'amandes de palme, Koupou-Kala-le-Crabe cria : allons-y !

Alors Khatj-le-Chien attrapa Thile-le-Chacal, Thile mordit Sékheu-le-Coq, Sékheu piqua Makhe-la-Termite, Makhe entoura d'argile Khâla-l'Arc, Khâla lâcha Fêtt-la-Flèche, qui alla toucher Kantioli-le-Rat, et Kantioli laissa tomber le régime d'amandes sur Koupou-Kala-le-Crabe, qui, de ce jour-là, eut le dos aplati et marche depuis vers sa main droite et vers sa gauche, mais jamais plus droit devant lui.

LES MAUVAISES COMPAGNIES

III

Koupou-Kala-le-Crabe qui, une fois dans sa vie sortit en plein soleil, s'était juré de ne plus fréquenter ni les bêtes à poil ni le peuple à plumes. Il ne s'était jamais vanté de la mésaventure qui lui aplatit le dos pour toujours, le jour où en compagnie de Kantioli-le-Rat, il avait voulu jouer à celui-ci un mauvais tour, un tour de Crabe. Non seulement à Kantioli, mais à d'autres aussi, à Fêtt-la-Flèche et à son père Khâla-l'Arc, à mère Makhe-le-Termite, à Sékheu-le-Coq, à Thile-le-Chacal. De cette équipée, seul Khatj-le-Chien était sorti sans dommage. Car Khatj-le-Chien, à condition qu'il ait pris un peu d'âge et reçu quelques coups en sa jeunesse, se montre le plus sage des sages parmi les bêtes. Khatj-le-Chien pouvait fréquenter sans pâtir quiconque. Cela, c'est Leuk-le-Lièvre qui l'affirmait, et si

Leuk-le-Lièvre l'affirmait, on pouvait le croire sans peine, car il connaissait son monde.

Ni Kantioli-le-Rat, ni Khâla-l'Arc, ni Makhe-le-Termite, ni Sékheu-le-Coq, ni Thile-le-Chacal n'avaient soufflé mot de ce qui leur était arrivé.

L'eussent-ils crié à haute voix aux quatre vents du firmament que Ganar-la-Poule, qui pourtant souvent tend l'oreille en penchant la tête, ne l'eût pas entendu. La quête des grains épars au pied des mortiers est une besogne trop absorbante pour que l'on perde son temps à écouter d'autres rumeurs que le froissement des ailes de Sotjènete-la-Sauterelle aux coudes pointus, de Sochète fille unique et orpheline, cousine de N'Djérère-le-Criquet à la famille innombrable ; que l'on perde son temps à écouter d'autres rumeurs que le Kèt ! Kèt ! Kèt ! des mandibules de Makhe-le-Termite rongeant le toit des paillotes ou la paille des clôtures.

Rat s'était promis de n'avoir plus affaire qu'aux longs-museaux et au peuple des fouisseurs. Fêtt-la-Flèche restait sur le dos de Khâla-l'Arc son père et ne faisait plus de commission pour personne.

A supposer que Ganar-la-Poule l'écoutât, mère Makhe-le-Termite ne se fût point aventurée certainement à venir ouvrir son cœur à Ganar, car elle n'avait pas une confiance des plus aveugles dans les yeux de celle-ci qui aurait pu — l'on ne sait jamais — la confondre avec un grain de riz mal décortiqué.

Trop imbu de son métier d'époux, et sachant assez bien ce qu'il faut dire et ce qu'on ne doit pas confier aux femmes, Sékheu-le-Coq ne s'était pas abaissé à conter à Ganar-la-Poule une histoire dans laquelle il n'avait pas tenu un rôle trop reluisant.

Ce n'était point par crainte de Ganar-la-Poule

— on le pense — ni de Sékheu-le-Coq — on s'en doute — que Thile-le-Chacal ne hantait pas les mêmes lieux que ces gens à plumes qui ne volaient pas bien loin ni très haut et qui marchaient sur terre. Mais Sékheu-le-Coq et son épouse vivaient plus souvent avec les hommes que dans la brousse, et les hommes avaient des gourdins, des épieux et même parfois des bâtons qui crachaient du feu. Thile-le-Chacal n'avait donc pas eu l'occasion de narrer à Ganar-la-Poule ses malheurs.

Seul Khatj-le-Chien aurait pu lui raconter comment les choses s'étaient passées. D'abord parce qu'il s'en était tiré à son honneur et à son avantage, ensuite parce qu'il fréquentait Ganar-la-Poule. Pas aussi assidûment que Sékheu-le-Coq, bien sûr et pour cause, mais assez souvent pour lui rapporter les ragots du village et même les cancans de la brousse. Car Khatj-le-Chien est le Maure des Animaux, c'est le plus indiscret des indiscrets.

Mais si Khatj est le plus grand des indiscrets, s'il possède la langue la plus longue du monde, il ne rapporte que ce qui lui plaît, et il ne le rapporte qu'à ceux qui lui plaisent. Et Khatj-le-Chien jugeait souvent Ganar-la-Poule indigne de ses confidences, car il la prenait pour la plus stupide des bêtes et même des bêtes vêtues de plumes. Il comprenait très bien pourquoi dans le village les mamans défendaient aux petits enfants de manger de la cervelle de poulet, en effet, la cervelle de poulet trouble l'intelligence, comme une motte d'argile fait d'une calebasse d'eau. Khatj-le-Chien comprenait, et excusait même, avouait-il parfois, les mégères qui attendaient d'avoir à chasser Ganar-la-Poule égarée dans la case ou dans la cuisine, pour soulager leur noir cœur chargé de fiel, pour faire des allusions et dire des malveillances à l'adresse de leurs voisines. Personne ne s'y trompait, et seule Ganar-la-Poule prenait ces injures pour elle-même.

Si Ganar-la-Poule était bête, c'est parce qu'elle n'avait jamais voulu demander conseil à Nène-l'Œuf, qu'elle n'a jamais considéré comme son aîné.

On voulut un jour savoir qui de Nène-l'Œuf et de Ganar-la-Poule était le plus âgé. Kotj-barma, le sage Kotj, avait répondu : Nène-l'Œuf. Car Nène-l'Œuf savait beaucoup plus de choses que Ganar-la-Poule et bien avant elle. Si dès la création du monde, Nène-l'Œuf n'avait pas su entre autres choses que Dodje-le-Caillou n'était pas pour lui un bon compagnon de route, Ganar-la-Poule ne serait jamais venue sur terre. Nène-l'Œuf ne s'était donc jamais oublié jusqu'à frayer avec Dodje-le-Caillou et Ganar-la-Poule put ainsi arriver à terme.

Sortie de l'Œuf, la Poule avait grandi ; mais malgré son âge elle n'arrivait pas à reconnaître le chemin qui conduit au marché, n'y étant toujours allée et n'en étant revenue que pendue à l'envers, les pattes ficelées et la tête en bas, au bout d'un bras ou d'un bâton posé sur l'épaule, alors que tout le monde, bêtes et gens, s'y rendaient et en revenaient sur leurs deux jambes et sur leurs quatre pattes.

Si Ganar-la-Poule avait demandé conseil à Nène-l'Œuf, qui est son père et son fils, et qui savait beaucoup, Nène-l'Œuf lui aurait appris entre autres choses que pour prendre de bons compagnons il faut choisir parmi ceux de son âge ; que pour être bons convives, rien de mieux que d'avoir des mains droites de même largeur, des mains qui, puisant dans une calebasse, font des boulettes de couscous de même grosseur, peu importe ensuite la grandeur de la bouche ou la grosseur du ventre de chacun.

Cette leçon, c'est Khatj-le-Chien qui la donna un jour à Ganar-la-Poule. C'est la seule qu'elle ait pu retenir, et il n'est même pas certain qu'elle l'ait retenue toute.

Les hommes n'étaient pas encore revenus des champs. Les femmes étaient au puits et les enfants à leurs jeux. Sur le foyer entre les trois cailloux duquel Safara-le-Feu, faute de quoi manger, s'était assoupi, Tjine-la-Marmite s'était refroidie quand Khatj-le-Chien s'approcha, suivi de Ganar-la-Poule. La marmite était pleine de riz, dont les grains de dessus étaient déjà secs, car toute l'huile était descendue au fond.

Khatj, qui savait ce qu'il en était, avait, dès son arrivée, enfoncé son museau tout au-dedans et se délectait des grains gras et ruisselants d'huile. Ganar-la-Poule, elle, ne picorait que les grains secs de dessus.

Quand ils eurent tous deux le ventre plein, Khatj-le-Chien retira son museau aussi gras qu'une motte de beurre et dit à sa compagne :

— Amie, tu as vraiment beaucoup à apprendre. Sache pour commencer que l'on ne doit manger d'un mets qu'après s'être assuré de ce qu'il y a au fond du plat.

C'est depuis ce jour que Ganar-la-Poule gratte et éparpille tout ce qu'elle trouve avant d'y mettre le bec.

LES MAUVAISES COMPAGNIES

IV

Aux yeux de ses parents, M'Bott-le-Crapaud était encore trop jeune sans doute. Toujours est-il que ceux-ci n'avaient jusque-là jugé utile de lui apprendre que quelques rudiments de ce qui faisait le fondement de la sagesse du clan. S'ils lui avaient conseillé de ne point frayer avec Bagg-le-Lézard, qui ne savait que courir tel un esclave faisant une commission pour son maître ; s'il lui avaient, maintes fois déjà, recommandé de se méfier de Djanne-le-Serpent, qui savait, si fort à propos, prendre la teinte et la forme d'une liane ; de le fuir, même quand il se déshabillait et laissait son boubou contre l'écorce des branches fourchues, ils avaient jugé que ses oreilles étaient encore trop frêles pour lui conter la mésaventure qui arriva à leurs aïeux, par la faute de l'un d'eux trop ambitieux ; mésaven-

ture où faillit périr, à jamais, tout le peuple des crapauds.

Il y avait de cela des lunes et des lunes, des mares
s'étaient remplies de l'eau du ciel et s'étaient desséc-
chées aux ardeurs du soleil, l'on ne savait plus
combien de fois ; des générations et des générations
de crapauds ont passé depuis sur terre et rempli de
leurs voix des nuits incalculables, qui, depuis, sont
allées rejoindre les ancêtres, lorsque l'arrière-
arrière-grand-père de l'arrière-arrière-grand-oncle
de Mamou-Mamatt M'Bott, l'arrière-grand-père des
grands-parents de M'Bott-le-Crapaud avait rencontré sur son chemin la fille du vieux Calao, la
terreur du peuple serpent, et en était tombé amou-
reux. Il avait demandé la fille serpentaire en
mariage. On la lui avait accordée.

Un jour le vieux Calao, dont la vue avait beaucoup baissé, flânant de son pas lent et balancé, avait
rencontré sur un sentier un crapaud ; celui-ci
n'avait-il pas eu le temps, ou peut-être simplement
l'intention de le saluer ? (Car il ne faut point croire
que tous les crapauds furent toujours, ou sont devenus de nos jours, d'une politesse extrême.)

Le vagabond sautillant ne s'expliqua pas. A supposer qu'il l'eût voulu faire, Calao-le-vieux ne lui
en avait pas offert l'occasion ; projetant son long
cou sur ce qui bondissait devant ses yeux qui
n'étaient plus assez bons, il avait refermé son bec
sur le crapaud qui tel une boulette de pâte de mil
copieusement enrobée d'une sauce filante de gombo
avait suivi docilement le chemin qui mène au ventre.

— Dire, avait pensé Calao-le-vieux, dire que j'ai
failli terminer mes jours déjà si longs, sans connaître
cette chair succulente, ni le goût du crapaud.

Il s'en était revenu au village et avait raconté la chose à son griot.

— Maître, avait dit celui-ci, il ne tient qu'à vous de vous en régaler, toi, tes enfants et tes amis.

— Mais comment faire ? s'enquit le vieux serpentaire.

— Maître, un gendre refusera-t-il jamais à son beau-père une journée de travail au champ ?

— Pas chez nous.

— Ni ailleurs, Maître ! Demande donc au tien de venir payer sa dette de gendre en retournant ton champ. C'est un bon fils dans son village, il viendra avec ses amis et les amis de ses amis.

Il en fut ainsi, quand Calao-le-vieux envoya dire au mari de sa fille qu'il était temps qu'il vînt lui prêter ses bras, car la lune des semailles approchait.

Griots et tam-tams en tête, le gendre avec ses amis, les amis de ses amis et les amis de leurs amis partirent au premier chant du coq de Keur-M'Bott leur village, pour être à Keur-Calao avant leur lever du soleil. Ils y furent de bonne heure, et décidés à abattre une besogne digne d'eux, s'en allèrent tout droit au champ de Calao-le-vieux. Les tam-tams bourdonnaient, et les chants qu'ils rythmaient rendaient agréable le travail. Tam-tams et chants réveillèrent ceux du village, et le premier de tous, le Griot de Calao-le-vieux, qui alla dire à son Maître :

— Maître, je crois bien que votre festin est prêt.

Calao-le-vieux, sa progéniture, ses amis et leur progéniture s'avancèrent lentement vers le champ qu'ils entourèrent de tous côtés ; puis ils bondirent sur les laborieux crapauds occupés à arracher les mauvaises herbes et à retourner la terre. Griots, musiciens et chanteurs ayant été happés les premiers, les tam-tams et les voix se turent et l'on n'entendit plus, un long temps, que le clap-clap des becs qui se fermaient, s'ouvraient et se refermaient.

Sautillant, bondissant, boitant, les pauvres crapauds cherchaient à s'enfuir, pour finir dans la nuit noire des ventres des Calaos.

Seuls, trois d'entre eux, dont l'arrière-arrière-grand-père de l'arrière-arrière-grand-père de Mamou-Mamatt-M'Bott, l'arrière-grand-père des grands-parents de M'Bott-le-Crapaud, purent se sauver et vinrent raconter à Keur-M'Bott leur triste et tragique équipée.

Cette histoire du clan faisait partie de l'enseignement des jeunes crapauds ; mais seulement quand ils étaient sortis de leur première jeunesse. Voilà pourquoi M'Bott-le-Crapaud, trop jeune encore aux yeux de ses parents, ne la connaissait pas encore.

Voilà aussi pourquoi, certainement, à part Baggle-le-Lézard et Djanne-le-Serpent, il aimait à lier conversation avec n'importe qui ; avec tous ceux qu'il rencontrait ou qu'il rattrapait sur le chemin du marigot ; et il y rencontrait et y croisait beaucoup de monde. Tout ce qui vole, rampe ou marche se rendait en effet au marigot, plus ou moins tôt dans la journée, plus ou moins tard dans la nuit. De ceux qu'il y trouvait ou qu'il croisait sur son chemin, il en était de polis et d'aimables, de bourrus et de grognons ; M'Bott-le-Crapaud saluait chacun et conversait avec certains. C'est ainsi qu'un jour, en le quittant, Yambe-l'Abeille lui dit :

— M'Bott, viens donc un jour jusqu'à la maison partager mon repas.

M'Bott ne se fit pas répéter deux fois l'invitation, car il avait entendu dire que Yambe-l'Abeille savait préparer un mets qu'aucun être au monde ne savait faire.

— Demain si tu veux, si cela ne te gêne pas, accepta-t-il.

— Entendu, à demain !

Le lendemain donc, M'Bott-le-Crapaud, revenant du marigot, ne se dirigea pas vers le vieux canari que ses parents lui avait cédé et qui lui servait de demeure. Il s'en alla, sautillant, plein de joie et d'appétit, vers la maison de Yambe-l'Abeille.

— Yambe, sa Yaram Djam ? (Abeille es-tu en paix ?) salua-t-il.

— Djama ma rek (En paix seulement) lui fut-il répondu.

— Me voici ! se présenta poliment M'Bott.

— Approche, invita Yambe-l'Abeille.

M'Bott-le-Crapaud s'approcha de la calebasse pleine de miel, sur le rebord de laquelle il appuya l'index de la main gauche, comme doit le faire tout enfant bien élevé. Il avança la main droite vers le repas qui paraissait si bon, mais Yambe-l'Abeille l'arrêta :

— Oh ! mais mon ami, tu ne peux vraiment pas manger avec une main aussi sale ! Va donc te la laver !

M'Bott-le-Crapaud s'en fut allégrement vers le marigot, top-clop ! top-clop ! puis revint aussi allégrement, clop-top ! top-clop ! et s'assit près de la calebasse. Yambe-l'Abeille, qui avait, sans l'attendre, commencé à manger, lui dit encore, quand il voulut puiser dans la calebasse :

— Mais elle est encore plus sale que tout à l'heure, ta main !

M'Bott-le-Crapaud s'en retourna sur le sentier du marigot, un peu moins allégrement, clop-top ! puis revint chez Yambe-l'Abeille, qui lui refit la même réflexion.

Il repartit au marigot d'une allure beaucoup moins vite, clop-top !... top !... clop-top ! Quand il revint de son septième voyage aller et retour, les mains toujours aussi crottées par la boue du sentier et suant au chaud soleil, la calebasse était vide et récurée. M'Bott-le-Crapaud comprit enfin que Yambe-l'Abeille s'était moquée de lui. Il n'en prit pas moins poliment congé de son hôte :

— Passe la journée en paix, Yambe, fit-il, en regagnant l'ombre de son vieux canari.

Des jours passèrent. M'Bott-le-Crapaud, aux leçons des grands et des vieux, avait appris beaucoup de choses ; et, sur le sentier du marigot, il saluait toujours chacun et conversait toujours avec certains, dont Yambe-l'Abeille, à qui il dit enfin un jour :

— Yambe, viens donc un jour jusqu'à la maison, nous mangerons ensemble.

Yambe-l'Abeille accepta l'invitation. Le surlendemain, elle s'en alla vers la demeure de M'Bott-le-Crapaud, gentil et vraiment sans rancune, se disait-elle. Sur le seuil elle se posa et salua :

— M'Bott, as-tu la paix ?

— La paix seulement ! répondit M'Bott-le-Crapaud, qui était accroupi devant une calebasse pleine de bonnes choses. Entre donc, mon amie !

Yambe-l'Abeille entra, remplissant l'air du bourdonnement de ses ailes, vrrou ! vrrou ! ou !...

— Ah ! non ! Ah ! non ! fit M'Bott-le-Crapaud, Yambe mon amie, je ne peux pas manger en musique, laisse, je t'en supplie, ton tam-tam dehors.

Yambe-l'Abeille sortit, puis rentra, faisant encore plus de bruit, vrrou !... vrrou !... ou ! vrrrou !...

— Mais, je t'ai dit de laisser ce tam-tam dehors ! s'indigna M'Bott-le-Crapaud.

Yambe-l'Abeille ressortit et rentra, faisant toujours du bruit, vrrrou !... vrrrou !...

Quand elle rentra pour la septième fois, remplissant toujours le vieux canari du bourdonnement de ses ailes, M'Bott-le-Crapaud avait fini de manger, il avait même lavé la calebasse.

Yambe-l'Abeille s'en retourna chez elle jouant toujours du tam-tam. Et depuis ce temps-là, elle ne répond plus au salut de M'Bott-le-Crapaud.

LA LANCE DE L'HYÈNE

Dans l'immense étendue du Ferlo aux puits rares et profonds, les sentiers n'étaient pas sûrs, mais Malal Poulo le berger n'avait pas peur. Contre Gayndé-le-Lion, il savait des versets du Coran, et lorsqu'il s'agissait d'un lion mécréant, il avait son bâton. Car on peut se permettre d'ignorer les paroles sacrées, on n'en reste pas moins grand seigneur, et le bâton destiné à M'Bam-l'Ane tue mieux qu'un coup de lance Gayndé le fier aux yeux rouges, à la peau couleur de sable. La honte tue plus lentement, mais plus sûrement que le fer d'une lance ou que la balle d'un fusil, et quelle honte pour le roi de la brousse que de se laisser toucher par un bâton, serait-ce par la hampe d'une lance !

Ce n'était donc pas pour Gayndé-le-Lion que Malal Poulo s'était fait faire une si belle lance. Ce n'était pas non plus pour Bouki-l'Hyène ; car dans ce pays maudit au sol si nu et aux puits rares et chiches, il crevait au berger assez de bêtes dans son troupeau pour que Bouki et les siens n'eussent qu'à suivre la poussière de ses pas pour faire leurs deux repas quotidiens.

C'était pour se défendre et défendre ses bêtes contre Ségue-la-Panthère fourbe et sans honneur, qui a les yeux d'un maître et l'âme d'un esclave, la démarche d'une femme et la peau trouble.

C'était aussi, il faut bien le dire, pour accommoder le couscous séché qu'il portait dans l'outre pendue à son épaule gauche, une cuisse de biche ou d'une tranche d'antilope, quand il était écœuré du lait, frais et mousseux ou caillé et aigre, de ses bêtes, vaches et brebis.

Malal Poulo le berger, appuyé sur sa lance, debout sur une jambe tel l'Ibis-le-Pèlerin, le pied droit contre le genou gauche rêvait. Il pensait peut-être à ses ancêtres à peau blanche venus depuis le pays du soleil levant jusqu'au Termiss, jusqu'au Touat, jusqu'au Macina, jusqu'au Fouta du temps où le Ferlo si dénudé était alors couvert d'arbres et d'herbes. Il pensait peut-être à ses ancêtres noirs comme du charbon, venus de plus loin encore et descendus plus bas vers la mer. Peut-être rêvait-il à d'immenses troupeaux descendant boire vers le grand fleuve... Il rêvait lorsque vint à passer Bouki-l'Hyène qui, sans doute parce qu'aucune carcasse n'avait jalonné ce jour-là les traces du troupeau, se montra polie et salua fort congrûment et demanda :

— Pourquoi dors-tu debout sur un pied, Malal ? As-tu besoin de ce long bâton pour t'appuyer ? Que ne t'étends-tu tout bonnement sur le sable ? Tu serais mieux que sur ce lit si mince !

— Ce n'est pas un lit, c'est une lance.

— Une lance ? Qu'est-ce qu'une lance ? À quoi cela peut-il servir ?

— À tuer.

— À tuer quoi ? Pourquoi tuer puisque tout
meurt de sa bonne mort, moutons, bœufs et habitants de la savane ? (Au fond d'elle-même, l'Hyène
se demandait si elle ne s'avançait pas un peu trop
en affirmant — dubitativement il est vrai — que
tout mourrait naturellement, puisque le soleil faisait
mine de rentrer chez lui déjà et qu'elle avait encore
le ventre creux.)

Une biche passait. Malal Poulo envoya sa lance,
la biche la reçut. Malal Poulo acheva la victime, la
dépeça et Bouki-l'Hyène en eut sa part. La chair
fraîche et saignante était succulente, Bouki s'en
gava.

Voilà donc à quoi servait une lance ?

Avec une lance, il n'était donc pas besoin d'attendre qu'une bête veuille bien traîner sa misère, sa
maladie ou sa vieillesse pendant des jours et des
jours avant de crever et pourrir au soleil, que vos
pas heureux vous y conduisent lorsque Tann-le-Cha-
rognard au cou pelé ne l'a pas toute récurée ?

— Comment as-tu fait pour trouver une lance,
Malal ? demanda Bouki.

— Tu n'as qu'à donner un morceau de fer à
Teug-le-forgeron, il t'en fera une.

— Et où trouve-t-on un morceau de fer ?

— Là-bas au Pinkou, dit Malal Poulo, en poin-
tant sa lance vers le pays du soleil levant.

Bouki s'en fut vers le pays du soleil levant, vers
le pays des montagnes et de l'argile à la recherche
des fours abandonnés par les fondeurs de pierres.

En chemin elle trouva une outre en peau de bouc.
L'outre contenait de la viande séchée et avait dû être
perdue, ou plus probablement abandonnée dans une
fuite précipitée par un berger maure ou esclave de
maure qui transhumait par-là avec son troupeau de

chèvres et de moutons. Bouki ne se doutait pas de
ce qu'enfermait l'outre, car du coton en bouchait
l'ouverture.

Elle trouva enfin loin, loin vers le soleil levant de
vieux fours refroidis depuis des lunes et des lunes.
Fouillant et farfouillant, elle déterra un morceau de
fer et reprit le chemin du retour.

Doucement, tout d'abord, puis fortement, l'odeur
de la viande séchée agaçait ses narines. Elle renifla
à droite, elle renifla à gauche, après avoir levé plusieurs fois le nez vers le ciel. Tenace, l'odeur l'enve-
loppait de partout. Elle déposa outre et morceau de
fer, courut à droite, courut à gauche, fureta à droite,
fureta à gauche, revint sur ses pas, mais ne trouva
ni chair ni carcasse et reprit sa charge.

Elle arriva enfin chez Teug-le-forgeron.

— Voici un morceau de fer pour me forger une
lance aussi bonne que celle de Malal Poulo.

— Et pour ma peine, que me donneras-tu ?
demanda le forgeron.

— Tu culotte est faite de plus de trous que
d'étoffe. Voici justement une outre pleine de coton.
Tu t'arrangeras avec Rabbe-le-tisserand.

— C'est bon. Mets-toi au soufflet et attise le feu.

Bouki-l'Hyène se mit au soufflet, dont elle gon-
flait et dégonflait alternativement les deux outres en
s'accompagnant d'une chanson qu'elle venait de
composer, et qui, il faut bien le dire, n'était pas très
variée. Appuyant sur l'outre de droite, comme sur
celle de gauche, Bouki disait toujours :

Ni khédj-ou Malal ! Ni khédj-ou Malal !

*(Telle la lance de Malal ! Telle la lance de
Malal !)*

Teug-le-forgeron battit le fer sur des rythmes plus
nourris et forgea la lance qu'il tendit à Bouki :

— Tiens, voici ta lance. Fais-moi voir maintenant ton coton, pour savoir s'il est bien bon et bien blanc.

Bouki lui donna l'outre. Le forgeron, après avoir retiré le tampon de coton, en sortit la viande séchée.

À la vue de cette aubaine qu'elle avait cherchée partout et des jours et des jours durant alors qu'elle pesait sur ses reins jusqu'à les fléchir, Bouki dit :

— Teug, remets cette viande à sa place, j'ai à te parler, mon ami.

Quand la viande fut remise dans la peau de bouc, Bouki posa l'outre à côté d'elle et dit au forgeron en lui rendant la lance :

— Ce n'est pas une lance comme celle-là que je voulais.

— Comment la voulais-tu ?

— Saurais-tu seulement la faire ? Je vais te la décrire.

— Je veux bien. Comment te la faut-il ?

— Je veux une lance de sept coudées et trois doigts...

— Bon !

— Attends ! Tu me la feras ensuite de la longueur d'une main seulement. Tu la rendras si tranchante qu'au simple appel de son nom elle puisse couper, car j'ai beaucoup d'ennemis dans le pays. Mais tu l'émousseras afin qu'elle ne taille pas, car les enfants qui sont à la maison sont très turbulents, et ils pourraient se couper en jouant avec une lame tranchante.

— Ça, dit Teug-le-forgeron, je ne le peux pas. Comment ! Tu me demandes de te faire une lance longue et courte à la fois. Tu la veux en même temps tranchante et émoussée. Pourquoi ne demandes-tu

pas au bon Dieu qu'il fasse nuit et jour au même
moment ? Je renonce à te satisfaire.

— Dans ce cas, puisque tu es incapable de faire
quelque chose de bien, je reprends mon outre.

Et Bouki-l'Hyène emporta sa viande séchée.

C'est depuis ce temps que l'on dit aux gens diffi-
ciles ou de mauvaise foi (ce sont les mêmes), de ne
point demander une lance d'hyène.

UNE COMMISSION

Quand elle est seule au pied des mortiers, la poule ne gratte que d'une patte.

Car elle a, pense-t-elle, largement le temps de choisir ses grains.

Penda n'était certes point seule dans M'Badane, mais elle n'avait qu'à se montrer pour que les plus belles jeunes filles parussent presque laides. Des jeunes filles du village, Penda était la plus belle et, loin de se montrer difficile comme chacun pouvait s'y attendre, elle ne demandait qu'à trouver un mari, car elle avait peur de vieillir, ayant dépassé ses seize ans, sans avoir un époux. De leur côté, les prétendants ne lui manquaient pas : les frères et les pères de ses amies, des jeunes gens et des vieillards d'autres villages envoyaient, chaque jour que Dieu faisait, Griots et Dialis porteurs de présents et de bonnes paroles pour la demander en mariage.

S'il n'avait dépendu que d'elle, Penda aurait déjà et certainement, attaché à son dos, un bébé bien sage ou d'un caractère aigre et pleureur. Mais en matière de mariage, comme en toute chose, une jeune fille n'a qu'une volonté, la volonté de son père. C'est son père qui doit décider à qui elle appartiendra : à un prince, à un dioula riche ou à un simple badolo qui sue au soleil des champs ; c'est à son père à dire s'il veut la donner en aumône à un puissant marabout ou à un tout petit talibé.

Or, Mor, le père de Penda, n'avait exigé ni l'immense dot d'un riche, ni le maigre avoir d'un badolo ; il avait encore moins pensé à offrir sa fille à un marabout ou à un disciple de marabout pour agrandir sa place au paradis.

Mor avait dit tout simplement à tous ceux qui venaient lui demander sa fille pour eux-mêmes, pour leurs seigneurs, pour leurs fils ou leurs frères :

— Je donnerai Penda, sans réclamer ni dot ni cadeaux, à l'homme qui tuera un bœuf, qui m'en enverra la viande par l'intermédiaire d'une hyène ; et que celle-ci, arrivée chez moi, il ne manque pas un morceau de la bête abattue.

Confier à une hyène de la viande, même séchée, et l'empêcher d'y toucher ?

C'était là chose plus difficile que de faire garder un secret à Narr-le-Maure aux oreilles rouges. C'était là chose plus difficile que de confier une calebasse de miel à un enfant sans qu'il y trempe au moins le petit doigt. Autant essayer d'empêcher le soleil de sortir de sa demeure le matin ou d'aller se coucher sa journée finie. Autant interdire au sable assoiffé d'avaler les premières gouttes de la première pluie.

Confier à Bouki-l'Hyène de la viande ? Autant valait confier une motte de beurre au feu ardent. Confier à Bouki de la viande et l'empêcher d'y toucher ?

C'était là chose impossible, se disaient en s'en retournant chez eux les griots qui étaient venus pour leurs maîtres, les mères qui étaient venues pour leurs fils, les vieillards qui étaient venus pour eux-mêmes demander la belle Penda.

À une journée de marche de M'Badane, se trouvait le village de N'Diour.

Les gens de N'Diour étaient des gens peu ordinaires ; ils étaient, depuis la nuit des temps, depuis N'Diadiane N'Diaye, les seuls hommes et les seules femmes à avoir dompté, croyaient-ils, la fourberie des hyènes avec lesquelles, en effet, ils vivaient en parfait accord et en bonne intelligence. Il est bien vrai que les gens de N'Diour y avaient mis, et y mettaient encore, beaucoup du leur. Chaque vendredi, ils abattaient un taureau qu'ils offraient à Bouki-l'Hyène et à sa tribu.

Des jeunes gens de N'Diour, Birane était le plus vaillant à la lutte comme aux champs ; il était aussi le plus beau. Quand son griot lui rapporta, avec ses cadeaux refusés, les conditions de Mor, le père de Penda, Birane se dit :

— C'est moi qui aurai Penda dans ma couche.

Il tua un bœuf. Il en fit sécher la viande qu'il mit dans une outre en peau de bouc ; l'outre fut enfermée dans un sac en gros coton et le tout fut placé au milieu d'une botte de paille.

Le vendredi, quand Bouki vint avec les siens savourer l'aumône des gens de N'Diour, Birane alla le trouver et lui dit :

— Mon griot, qui n'est pas plus malin qu'un enfant au sein et qui est aussi bête qu'un bœuf, m'a rapporté les beaux cadeaux que j'avais envoyés à Penda, fille de Mor de M'Badane. Toi, dont la sagesse est grande et la langue comme du miel, je suis certain que si tu portais à M'Badane cette simple botte de paille dans la demeure de Mor, il te suffirait de lui dire : « Birane te demande sa fille », pour qu'il te l'accorde.

— J'ai vieilli, Birane, et mes reins ne sont plus solides, mais M'Bar, l'aîné de mes enfants, est plein de vigueur et il a hérité d'un peu de ma sagesse. C'est lui qui ira à M'Badane pour toi, et je suis sûr qu'il s'acquittera fort bien de sa mission.

M'Bar partit de très bon matin, la botte de paille sur ses reins.

La rosée mouillant la botte de paille, l'agréable odeur de la viande commençait à flotter dans l'air. M'Bar-l'Hyène s'arrêta, leva le nez, renifla à droite, renifla à gauche, puis reprit sa route, avec moins de précipitation, semblait-il. L'odeur se faisait plus forte, l'Hyène s'arrêta encore, pointa, lèvres retroussées, le nez à droite, à gauche, en haut, puis se retourna et renifla aux quatre vents.

Il reprit sa course, dès lors hésitante, comme si cette odeur dense et épaisse qui venait de partout le freinait à chaque instant.

N'y tenant plus, M'Bar quitta le sentier de N'Diour à M'Badane, fit d'immenses crochets dans la savane, furetant à droite, furetant à gauche, revenant sur ses pas, et mit trois longs jours au lieu d'un seul pour atteindre M'Badane.

M'Bar n'était point, certes, de bonne humeur en pénétrant dans la demeure de Mor. Il n'avait point la mine avenante d'un messager qui vient demander une grande faveur. Cette odeur de viande qui avait imprégné toutes les herbes de la brousse, tous les buissons, et imprégnait encore les cases de M'Badane et la cour de la maison de Mor, lui avait fait oublier, sur le sentier de N'Diour, toute la sagesse

que le vieux Bouki lui avait inculquée, et étouffait
en lui les paroles aimables que l'on attend partout
d'un solliciteur. À peine M'Bar desserra-t-il les
dents pour dire : « Assalamou aleykoum », et personne n'entendit son salut, mais c'est d'une voix
plus que désagréable que, rejetant la botte de paille
de ses reins que la charge avait fléchis, il dit à Mor :

— Birane de N'Diour t'envoie cette botte de
paille et te demande ta fille.

Sous les regards d'abord étonnés, puis indignés,
ensuite pleins de convoitise de M'Bar-l'Hyène, Mor
coupa les lianes de la botte de paille, défit celle-ci
et en sortit le sac en gros coton ; du sac en gros
coton, il retira l'outre en peau de bouc et, de l'outre
en peau de bouc, des morceaux de viande séchée.

— Va, dit alors Mor à M'Bar-l'Hyène, qui faillit
crever sur place de rage en voyant toute cette viande
qu'il avait portée pendant trois jours sans s'en dou-
ter, et qui s'étalait là sans qu'il puisse même penser
y toucher (car les gens de M'Badane n'étaient pas
ceux de N'Diour, et dans M'Badane il traînait des
épieux dans tous les coins). Va, dit Mor, va dire à
Birane que je lui donne ma fille. Dis-lui qu'il est
non seulement le plus vaillant et le plus fort de tous
les jeunes gens de N'Diour, mais encore le plus
malin.

« Il a pu te confier de la viande à toi l'Hyène, il
saura garder sa femme et déjouer toutes les ruses. »

Mais M'Bar-l'Hyène n'avait certainement pas
entendu les dernières paroles de Mor, si flatteuses
cependant pour celui qui lui avait confié sa mission,
il était déjà sorti de la maison, il sortait déjà du village, car il se rappelait avoir aperçu, sur son long et
tortueux chemin, il ne savait plus combien de bottes
de paille.

Dès les premiers champs de M'Badane, il trouva en effet des bottes de paille. Il en coupa des liens, il les fouilla, les éparpilla sans rien trouver qui ressemblât à de la chair ou même à des os. Il courut à droite, il courut à gauche, furetant, fouillant, et éparpillant toutes les bottes de paille qu'il trouvait dans les champs, tant et si bien qu'il lui fallut encore trois jours pour rejoindre le village de N'Diour.

— Comment, lui demanda Birane en le voyant arriver suant et soufflant, tu n'as donc pas fait ma commission, M'Bar ? Qu'as-tu fait pendant six jours, alors que tu n'avais même pas besoin de deux jours pour aller à M'Badane et revenir ?

— Ce que j'ai fait en chemin ne te regarde pas du tout, dit M'Bar-l'Hyène d'une voix sèche. Qu'il te suffise de savoir, si cela peut te faire plaisir, que Mor te donne sa fille.

Et sans attendre les remerciements que, sans doute, Birane lui aurait prodigués, M'Bar-l'Hyène s'en alla fouiller dans d'autres bottes de paille.

C'est depuis ce temps-là que les Hyènes ne font plus de commissions pour personne au monde.

LE SALAIRE

Diassigue-le-Caïman, raclant le sable de son ventre flasque, s'en retournait vers le Marigot après avoir dormi, la journée durant, au chaud soleil, lorsqu'il entendit les femmes qui revenaient de puiser de l'eau, de récurer les calebasses, de laver le linge. Ces femmes, qui avaient certainement plus abattu de besogne avec la langue qu'avec les mains, parlaient et parlaient encore. Elles disaient, en se lamentant, que la fille du roi était tombée dans l'eau et qu'elle s'était noyée, que fort probablement, c'était même certain (une esclave l'avait affirmé), dès l'aurore, Bour-le-Roi allait faire assécher le marigot pour retrouver le corps de sa fille bien-aimée. Diassigue, dont le trou, à flanc de marigot, se trouvait du côté du village, était revenu sur ses pas et s'en était allé loin à l'intérieur des terres dans la nuit noire. Le lendemain, on avait, en effet, asséché le marigot, et on avait, de plus, tué tous les caïmans qui l'habitaient ; et, dans le trou du plus vieux, on avait retrouvé le corps de la fille du roi.

Au milieu du jour, un enfant, qui allait chercher du bois mort, avait trouvé Diassigue-le-Caïman dans la brousse.

— Que fais-tu là, Diassigue ? s'enquit l'enfant.

— Je me suis perdu, répondit le Caïman. Veux-tu me porter chez moi, Goné ?

— Il n'y a plus de marigot, lui dit l'enfant.

— Porte-moi alors au fleuve, demanda Diassigue-le-Caïman.

Goné-l'enfant alla chercher une natte et des lianes, il enroula Diassigue dans la natte qu'il attacha avec les lianes, puis il la chargea sur sa tête, marcha jusqu'au soir et atteignit le fleuve. Arrivé au bord de l'eau, il déposa son fardeau, coupa les liens et déroula la natte. Diassigue lui dit alors :

— Goné, j'ai les membres tout engourdis de ce long voyage, veux-tu me mettre à l'eau, je te prie ?

Goné-l'enfant marcha dans l'eau jusqu'aux genoux et il allait déposer Diassigue quand celui-ci lui demanda :

— Va jusqu'à ce que l'eau t'atteigne la ceinture, car ici je ne pourrais pas très bien nager.

Goné s'exécuta et avança jusqu'à ce que l'eau lui fût autour de la taille.

— Va encore jusqu'à la poitrine, supplia le Caïman.

L'enfant alla jusqu'à ce que l'eau lui atteignît la poitrine.

— Tu peux bien arriver jusqu'aux épaules, maintenant.

Goné marcha jusqu'aux épaules, et Diassigue lui dit :

— Dépose-moi, maintenant.

Goné obéit ; il allait s'en retourner sur la rive, lorsque le caïman lui saisit le bras.

— Wouye yayô ! (O ma mère !) cria l'enfant, qu'est-ce que ceci ? Lâche-moi !

— Je ne te lâcherai pas, car j'ai très faim, Goné !

— Lâche-moi !

— Je ne te lâcherai pas, je n'ai rien mangé depuis deux jours et j'ai trop faim.

— Dis-moi, Diassigue, le prix d'une bonté, est-ce donc une méchanceté ou une bonté ?

— Une bonne action se paie par une méchanceté et non par une bonne action.

— Maintenant, c'est moi qui suis en ton pouvoir, mais cela n'est pas vrai, tu es le seul au monde certainement à l'affirmer.

— Ah ! tu le crois ?

— Eh bien ! Interrogeons les gens, nous saurons ce qu'ils diront.

— D'accord, accepta Diassigue, mais s'il s'en trouve trois qui soient de mon avis, tu finiras dans mon ventre, je t'assure.

À peine finissait-il sa menace qu'arriva une vieille, très vieille vache qui venait s'abreuver. Lorsqu'elle eut fini de boire, le caïman l'appela et lui demanda :

— Nagg, toi qui es si âgée et qui possèdes la sagesse, peux-tu nous dire si le paiement d'une bonne action est une bonté ou une méchanceté ?

— Le prix d'une bonne action, déclara Nagg-la-Vache, c'est une méchanceté, et croyez-moi, je parle en connaissance de cause. Au temps où j'étais jeune, forte et vigoureuse, quand je rentrais du pâturage on me donnait du son et un bloc de sel, on me donnait du mil, on me lavait, on me frottait, et si Poulo, le petit berger, levait par hasard le bâton sur moi, il était sûr de recevoir à son tour des coups de son maître. Je fournissais, en ce temps, beaucoup de lait et toutes les vaches et tous les taureaux de mon maître son issus de mon sang. Maintenant, j'ai vieilli, je ne donne plus ni lait ni veau, alors on ne prend plus soin de moi, on ne me conduit plus au pâturage. A l'aube, un grand coup de bâton me fait sortir du parc et je vais toute seule chercher ma pitance. Voilà pourquoi je dis qu'une bonne action se paie par une mauvaise action.

— Goné, as-tu entendu cela ? demanda Dias-sigue-le-Caïman.

— Oui, dit l'enfant, j'ai bien entendu.

Déhanchant sa fesse maigre et tranchante comme une lame de sabre, Nagg-la-Vache s'en alla, balançant sa vieille queue rongée aux tiques, vers l'herbe pauvre de la brousse.

Survint alors Fass-le-Cheval, vieux et étique. Il allait balayer l'eau de ses lèvres tremblantes avant de boire, lorsque le caïman l'interpella :

— Fass, toi qui es si vieux et si sage, peux-tu nous dire, à cet enfant et à moi, si une bonne action se paie par une bonté ou par une méchanceté ?

— Certes, je le puis, affirma le vieux cheval. Une bonté se paie toujours par une mauvaise action, et j'en sais quelque chose. Écoutez-moi tous les deux. Du temps où j'étais jeune, fougueux et plein de vigueur, j'avais, pour moi seul, trois palefreniers ; j'avais, matin et soir, mon auge remplie de mil et du barbotage avec du miel souvent à toutes les heures de la journée. L'on me menait au bain tous les matins et l'on me frottait. J'avais une bride et une selle fabriquées et ornées par un cordonnier et un bijoutier maures. J'allais sur les champs de bataille et les cinq cents captifs que mon maître a pris à la guerre furent rapportés sur ma croupe. Neuf ans, j'ai porté mon maître et son butin. Maintenant

que je suis devenu vieux, tout ce que l'on fait pour
moi, c'est me mettre une entrave dès l'aube, et, d'un
coup de bâton, on m'envoie dans la brousse chercher ma pitance.

Ayant dit, Fass-le-Cheval balaya l'écume de
l'eau, but longuement puis s'en alla, gêné par son
entrave, de son pas boitant et heurté.

— Goné, demanda le caïman, as-tu entendu ?
Maintenant, j'ai trop faim, je vais te manger.

— Non, fit l'enfant, oncle Diassigue, tu avais dit,
toi-même, que tu interrogerais trois personnes. Si
celle qui viendra dit la même chose que ces deux-
là, tu pourras me manger, mais pas avant.

— Entendu, acquiesça le caïman, mais je te pré-
viens que nous n'irons pas plus loin.

Au galop, et sautillant du derrière, Leuk-le-Lièvre
passait. Diassigue l'appela :

— Oncle Leuk, toi qui es le plus vieux, peux-tu
nous dire qui de nous dit la vérité ? Je déclare
qu'une bonne action se paie par une méchanceté, et
cet enfant déclare que le prix d'une bonne action
c'est une bonté.

Leuk se frotta le menton, se gratta l'oreille, puis
interrogea à son tour :

— Diassigue, mon ami, demandez-vous à
l'aveugle de vous affirmer si le coton est blanc ou
si le corbeau est bien noir ?

— Assurément non, avoua le caïman.

— Peux-tu me dire où va l'enfant dont tu ne
connais pas les parents ?

— Certainement pas !

— Alors, expliquez-moi ce qui s'est passé, et je
pourrai peut-être répondre à votre question sans
risque de beaucoup me tromper.

— Eh bien, oncle Leuk, voici : cet enfant m'a

trouvé là-bas à l'intérieur des terres, il m'a enroulé dans une natte et il m'a porté jusqu'ici. Maintenant, j'ai faim, et comme il faut bien que je mange, car je ne veux point mourir, ce serait bête de le laisser partir pour courir après une proie incertaine.

— Incontestablement, reconnut Leuk, mais si les paroles sont malades, les oreilles, elles, doivent être bien portantes, et mes oreilles, à ce que j'ai toujours cru, sont bien portantes, ce dont je remercie le bon Dieu, car il est une de tes paroles, frère Diassigue, qui ne me paraît pas en bonne santé.

— Laquelle est-ce ? interrogea le caïman.

— C'est lorsque tu prétends que ce bambin t'a porté dans une natte et t'a fait venir jusqu'ici. Cela, je ne peux le croire.

— Pourtant c'est vrai, affirma Goné-l'enfant.

— Tu es un menteur comme ceux de ta race, fit le lièvre.

— Il a dit la vérité, confirma Diassigue.

— Je ne pourrai le croire que si je le vois, douta Leuk. Sortez de l'eau tous les deux.

L'enfant et le caïman sortirent de l'eau.

— Tu prétends que tu as porté ce gros caïman dans cette natte ? Comment as-tu fait ?

— Je l'ai enroulé dedans et j'ai ficelé la natte.

— Eh bien, je veux voir comment.

Diassigue s'affala dans la natte, que l'enfant enroula.

— Et tu l'as ficelée, as-tu dit ?

— Oui !

— Ficelle-la voir.

L'enfant ficela solidement la natte.

— Et tu l'as porté sur ta tête ?

— Oui, je l'ai porté sur ma tête !

— Eh bien ! porte sur ta tête que je le voie.

Quand l'enfant eut soulevé natte et caïman et les eut posés sur sa tête, Leuk-le-Lièvre lui demanda :

— Goné, tes parents sont-ils forgerons ?

— Que non pas !

— Diassigue n'est donc pas ton parent ? Ce n'est pas ton totem ?

— Non, pas du tout !

— Emporte donc ta charge chez toi, ton père et ta mère et tous tes parents et leurs amis te remercieront, puisque vous en mangez à la maison. Ainsi doivent être payés ceux qui oublient les bonnes actions.

TOURS DE LIÈVRE

Putois, Rat, Civette, Rat-palmiste et d'autres encore de la race fouisseuse, ne furent pas peu étonnés de recevoir ce jour-là de si bon matin, les uns après les autres, la visite de Leuk-le-Lièvre. À chacun le tout-petit-aux-longues-oreilles avait parlé tout bas, puis, galopant vif, s'en était allé plus loin vers la demeure du voisin.

Le soleil chauffait dur et dru lorsque, sautillant du derrière, Leuk regagna l'ombre fraîche de son buisson pour y attendre la fin du jour.

La nuit tombait quand le peuple des longs museaux s'approcha en rangs serrés du village des hommes où, cependant, plus d'un de leurs aïeux, pour une aile de poulet, quelques grains de mil et autres vols de moindre importance, avaient laissé leurs dépouilles. Les enfants du village, en effet, aussi lestes que Golo-le-Singe et rapides comme M'Bile-la-Biche, y maniaient de tout temps et dextrement gourdins de cailcédrat et épieux de lingué.

Civette, Putois, Rat et Rat-palmiste et les autres,

dépassant les champs de mil et d'arachides, s'approchaient donc du village de N'Dioum, car le souvenir des coups mortels reçus par les pères de leurs pères était ce soir-là terni dans leur mémoire par l'image des richesses et du butin que Leuk-le-Lièvre leur avait promis : mil, poulet, arachides, manioc et même miel, que, leur avait-il dit, Bour-le-Roi avait entassés dans une case sans issue, construite au milieu du village.

Or Leuk, en leur disant cela, savait fort bien qu'il mentait plus qu'à moitié, ou plus exactement, il oubliait un tout petit détail. Il savait, mais il s'était bien gardé de le dire, ce que renfermait en outre la case. C'est Thioye-le-Perroquet qui le lui avait appris. Celui-ci avait surpris les palabres de Bour et de ses conseillers, palabres qui avaient précédé la construction de la case-sans-issue qu'il fallait atteindre en creusant la terre depuis les abords jusqu'au ventre du village, où les maisons avaient été démolies sur une étendue de sept fois sept cents coudées pour y laisser seule la case qu'entouraient sept tapates.

Gâté depuis son enfance, ne connaissant que ses caprices, Bour-le-Roi avait décidé d'enfermer, dans la case-sans-issue, Anta, la plus jeune de ses filles, pour savoir, disait-il, si la femme qui n'a jamais connu l'homme pouvait avoir un enfant.

Thioye avait entendu ce qu'avait ordonné le Roi, et il l'avait répété sans intention, simplement pour le plaisir de rapporter, et parce que Leuk avait été le premier qu'il avait rencontré en s'envolant de l'arbre-des-palabres. Mais Leuk, qui de sa vie n'a respecté ni père, ni mère, voulait jouer un tour à Bour-le-Roi. Il avait commencé, en les trompant, par se servir des gens à longs museaux.

Quand ils eurent débouché dans la case-sans-
issue, après avoir creusé toute la nuit durant, Rat,
Rat-palmiste, Civette, Putois et les autres s'enfuirent
en voyant que les richesses promises par Lièvre
étaient gardées par une jeune fille. Le souvenir des
malheurs arrivés à leurs ancêtres leur était revenu à
la mémoire. Ils s'étaient rappelé à temps qu'à
N'Dioum les filles étaient aussi habiles que les garçons dans le maniement des gourdins et des épieux.
Ils regagnèrent tous la brousse, se promettant de se
venger de Lièvre qui les regardait détaler, caché non
loin de l'entrée du souterrain. Quand ils eurent tous
disparu, Leuk suivit le chemin qu'ils lui avaient
tracé et vint trouver Anta :

— Bour, ton père, dit-il à la jeune fille, se croit
plus malin que quiconque sur terre, mais moi je lui
apprendrais encore beaucoup de choses qu'il ignore.
Il a cru pouvoir t'empêcher d'avoir un mari. Veux-
tu de moi ?

— Qui es-tu ? Comment t'appelles-tu ? demanda
Anta.

— Je m'appelle Mana (C'est moi). Veux-tu de
moi comme mari ?

— Oui ! fit la jeune fille.

Leuk, par le même chemin, revint tous les jours
tenir compagnie à la fille du roi, tant et si bien qu'un
jour elle devint enceinte, et neuf lunes après, mit au
monde un garçon.

Trois ans passèrent, et Leuk venait — bien que
moins assidûment — voir sa famille et s'amuser
avec l'enfant.

Un jour, Narr, le Maure de Bour, qui se promenait
de bon matin récitant des versets du Coran près de
la tapate aux sept enceintes, crut entendre des cris

d'enfant. Il courut, perdant ses babouches, chez le roi :

— Bour, bilahi ! walahi ! (en vérité ! au nom de Dieu !) j'ai cru entendre des cris dans la case-sans-issue.

On envoya un esclave qui franchit les sept tapates et écouta contre la case-sans-issue.

— Ce sont des cris d'enfant, revint-il dire.

— Que l'on mette à mort ce fils de chien, dit Bour en courroux, et que l'on jette son cadavre aux charognards.

Et l'on tua l'esclave.

Un autre alla écouter et revint affirmer que c'était bien un enfant qui criait.

— Que l'on tue cet enfant d'insolent, ordonna le roi, et le deuxième esclave fut mis à mort. Ainsi en fut-il de trois autres messagers qui étaient revenus dire que c'était un enfant que l'on entendait.

— Cela n'est pas possible, dit le roi. Qui aurait pu pénétrer dans la case ainsi close ?

Il envoya un vieillard après qu'on eut pratiqué un passage à travers les sept tapates. À son retour, le vieillard dit :

— Oui ! on entend bien une voix qui crie, mais je ne pourrais pas dire si c'est Anta ou si c'est un enfant qui crie.

— Que l'on démolisse la case, ordonna Bour, on verra bien.

Ainsi que dit, il fut fait, et l'on trouva Anta et son fils.

— Qui t'a fait cet enfant ? demanda le roi.

— Mana (c'est moi), répondit Anta.

— Comment c'est toi ? Qui est ton père, toi ?

— Mana, dit le petit garçon.

Le royal père et grand-père ne comprenait rien à

tout cela : sa fille qui s'était fait toute seule un enfant ! et cet enfant déclarait de son côté être son propre père !

— Que l'on réunisse, dit Bour, sur les conseils des plus vieux notables, que l'on réunisse tout ce qui vit et marche dans le pays.

Quand tous, bêtes et gens, furent rassemblés le vendredi, Bour donna trois noix de colas au fils d'Anta et lui dit :

— Va remettre ces colas à ton père.

L'enfant alla, dévisageant hommes et animaux, hésitant, s'arrêtant, repartant. Quand il s'approcha de Leuk-le-Lièvre, celui-ci se mit à se gratter furieusement, à sautiller, à se plaindre :

— Il y a trop de fourmis et de termites par ici ! et il changea de place. L'enfant continuait sa recherche.

— Que de fourmis, ma parole ! disait Leuk en le voyant s'approcher et, d'un bond, il s'en allait plus loin derrière un plus gros que lui.

Cependant, un des vieillards de la suite du roi s'était aperçu du manège de Leuk.

— Qu'a donc Lièvre à se plaindre des fourmis et des termites, et à changer constamment de place ? fit-il.

— Faites-le rester au même endroit, ordonna le roi.

Pour ce faire, on entassa sur trois nattes sept pagnes et une peau de mouton par-dessus.

— Mets-toi ici, frère Leuk, dit un griot, tu n'auras plus à craindre fourmis ou termites.

Force fut bien à Oreillard de demeurer sur cette couche moelleuse, de ne plus changer de place, de ne plus se dissimuler, de ne plus éviter l'enfant, qui vint enfin lui tendre les trois noix de colas.

— Ah ! C'est toi ? dit Bour toujours en colère. C'est toi qui te fais appeler Mana (C'est moi) ? Comment as-tu fait pour arriver jusqu'à ma fille ?

— C'est Putois, Fouine, Rat-palmiste, Civette et les autres, leurs frères et cousins, qui m'ont ouvert un souterrain.

— Eh bien ! je vais te tuer. Allez-vous-en tous, dit Bour aux hommes et aux animaux que sa colère faisait trembler encore. Je vais te tuer, Leuk !

— Bour, dit Leuk, tu ne peux pas tuer le père de ton petit-fils !

— Que peux-tu m'offrir pour racheter ta tête ?

— Ce que tu voudras, Bour.

— Eh bien ! avant six lunes, je veux que tu m'apportes une peau de panthère, deux défenses d'éléphant, une peau de lion, et des cheveux de Kouss-le-Lutin-barbu, ordonna le roi.

— Comment va-t-il faire ? se demandèrent les vieillards de la suite du roi.

Leuk s'en alla, sautillant du derrière, secouant, clap ! clap ! telles des sandales de femme peulhe, ses longues oreilles.

Il trouva Sègue-la-Panthère près de la rivière et lui demanda :

— Mon oncle, pourquoi restes-tu avec une peau aussi sale et pleine de taches ? Pourquoi ne te baignes-tu pas dans la rivière ?

— C'est que, répondit la panthère, je ne sais pas si je sais bien nager.

— Eh bien ! enlève ta peau, mon oncle, je vais te la nettoyer pendant que tu resteras dans ce trou pour ne pas attraper froid.

Sègue se dépouilla et, pendant qu'elle se terrait dans le trou, Leuk, au bord de l'eau, enduisait l'inté-

rieur de la peau de piment après l'avoir trempée, et
ensuite :

— Oncle ! oncle ! remets vite ta peau ; il va
pleuvoir.

En effet, le temps menaçait. Sègue-la-Panthère
reprit sa peau, mais elle n'entra que sa patte gauche
de derrière qu'elle retira prestement. La patte lui
brûlait comme si elle l'avait mise dans un feu
ardent.

— Leuk ! Leuk ! ça brûle ! ma peau me brûle !

— Ce doit être l'eau de la rivière, dit Leuk. Toute
la rive au niveau des villages d'en haut n'est plantée
que de tabac. Laissons la peau dehors, l'eau de pluie
va la rincer.

Pendant que Panthère s'en retournait dans le trou,
Leuk alla vite cacher la peau dans un fourré et revint
s'enquérir :

— Oncle Sègue, tu as déjà repris ta peau ?

— Non pas, certes, répondit Panthère.

— Elle n'est plus là. Il est tellement tombé d'eau
qu'elle a dû être entraînée à la rivière, expliqua
Lièvre, et il prit le large.

De bon matin, Leuk s'était posté au bord du marigot quand Nièye-l'Éléphant et sa tribu arrivèrent
d'un pas pesant et encore ensommeillé pour
s'abreuver.

— Le bon Dieu, dit Leuk d'un air attristé, le bon
Dieu défend de boire aujourd'hui au marigot.

— Que faire ? demanda le vieillard au long nez
et aux petits yeux. Conseille-nous, Leuk, toi qui es
l'aîné.

— Nous allons monter implorer sa grâce, peut-
être se laissera-t-il fléchir.

— Et comment faire pour arriver jusqu'à lui ?

Leuk appela M'Bott-le-Crapaud qui boitillait non

loin de là et mère M'Bonatte-la-Tortue qui pointait
le bout de son museau. Il renversa M'Bonatte sur le
dos gluant de M'Bott et fit monter sur le ventre de
mère Tortue le plus jeune de la tribu des éléphants :
sur celui-là un plus âgé et, sur le dos de celui-ci, un
autre, et ainsi de suite... Quand le vieux chef grimpa,
atteignant presque le ciel, d'un coup de patte, Leuk
poussa Tortue et ploum ! ploum ! dans un enchevê-
trement de pattes, de trompes et de défenses, les éléphants tombèrent. Ils s'affairaient à ramasser les
défenses cassées :

— Ne perdez pas de temps à vous occuper de ça,
leur dit Leuk. Vous ramasserez tout ça tout à
l'heure, le bon Dieu vous donne l'autorisation de
vous abreuver. Dépêchez-vous d'aller boire.

Quand ils revinrent après avoir bu longuement et
s'être aspergés à qui mieux mieux, il manquait les
deux plus belles défenses.

— Ne cherche pas, dit Leuk au propriétaire, c'est
le bon Dieu qui les a prises pour prix de sa man-
suétude.

Vers le milieu du jour, Leuk trouva, à l'ombre
d'un tamarinier, Kouss-le-Lutin-barbu qui se repo-
sait près de son gourdin deux fois plus haut que lui
et de son Keul, sa calebasse généreuse qui se remplit
de tout ce qu'on lui demande.

— Oncle Kouss, dit Leuk, pourquoi laisses-tu
pousser tes cheveux et ta barbe ? Comme ça t'en-
laidit !

— Je ne sais pas me raser et je n'ai pas de couteau, expliqua Kouss-le-Lutin-barbu.

— J'en ai un excellent, dit Lièvre. Je vais te
raser, oncle, si tu le veux bien.

Et quand il eut fini :

— Je vais jeter tout ça en m'en allant. Continue à te reposer, il fait si chaud au soleil.

Et Leuk s'en alla, sautillant du derrière, la barbe et les cheveux de Kouss-le-Lutin dans son sachet.

Gayndé-le-Lion était sur la rive du fleuve, regardant, d'un œil courroucé et envieux à la fois, biches, antilopes et cobas qui folâtraient sur l'autre rive, broutaient, gambadaient, se roulaient, semblant le narguer. Leuk survint et lui demanda :

— Ne pourrais-tu attraper et punir comme il le mériterait aucun de ces enfants d'insolents, mon oncle ?

— C'est que je ne veux pas du tout me mouiller ma peau.

— Retire-la, je resterai ici pour la garder. Tu reviendras la reprendre après la chasse.

Lion se dépouilla et partit à la nage vers l'autre rive. Leuk s'empara de la peau et alla la cacher. Il revint, arrosa l'endroit où Gayndé l'avait déposée, fit une traînée jusqu'au fleuve avec son derrière qu'il avait trempé dans l'eau, et puis cria de toutes ses forces :

— Oncle Lion, oncle ! reviens vite ; l'eau emporte ta peau. Et il sauta dans l'eau. Quand Lion revint, il lui dit :

— J'ai plongé, mais je n'ai rien trouvé. Il faut attendre que le fleuve baisse.

Et il s'en alla, sautillant du derrière.

Trois lunes ne s'étaient pas écoulées quand Leuk se présenta chez le roi avec la rançon demandée.

— Comment a-t-il pu faire ? se demanda la suite du roi.

— Comment as-tu fait pour avoir tout cela ? interrogea Bour.

— Réunis tout le monde, et tu le sauras, répondit Lièvre.

Kouss-le-Lutin ne vint pas à la réunion, car, s'étant regardé dans l'eau endormie du marigot, il s'était trouvé si laid sans barbe et surtout sans cheveux sur son crâne qui lui semblait le derrière pelé de Golo-le-Singe. Il sut cependant par les hôtes de la brousse que sa colère contre Leuk ne le cédait en rien à celle de Nièye-l'Éléphant, de Sègue-la-Panthère et de Gayndé-le-Lion qui, eux, étaient venus à l'appel du roi. Tous avaient expliqué comment Lièvre les avaient bernés et dépouillés.

— Ce Leuk quand même ! Ce Leuk alors ! disait chacun.

— C'est égal, fit Golo-le-Singe, que le courage n'a jamais étouffé, c'est égal, j'aime mieux être dans ma peau, même pelée derrière, que dans la sienne.

— Il fera bien de ne pas trop s'aventurer en brousse d'ici quelque temps, conseilla un vieillard.

Quand on songea à le chercher, Leuk était déjà loin, il était parti sans prendre congé.

Sur un sentier perdu, il avait trouvé une peau de biche à moitié pelée, pleine de trous, rongée par les vers qui grouillaient comme des termites ; Leuk s'en affubla. Boitant bas, tête penchée, il rencontra Bouki-l'Hyène, qui s'apitoya :

— Ma pauvre Biche, que t'est-il donc arrivé ?

— Hélas ! fit la fausse biche, je me suis disputée tout à l'heure au marigot avec Leuk-le-Lièvre. Il a étendu sa patte gauche vers moi en me disant : « Ce n'est que la patte gauche cette fois-ci, car je ne veux pas ta mort, mais il faut quand même que tu te souviennes de moi ! » Aussitôt et depuis, je suis comme tu me vois.

Bouki a raconté la mésaventure de M'Bile-la-Biche à Golo-le-Singe. Golo a colporté l'histoire. Toute la brousse l'a su.

Leuk est toujours libre et même un peu craint.

PETIT-MARI

En ce temps-là, le bruit de la mer ne s'entendait pas de Rippène et les pêcheurs partaient à l'aube et ne rentraient qu'en pleine nuit ou au crépuscule pour revenir au milieu du jour. La plage de sable si blanc et si fin était si étendue qu'un cavalier à grande allure mettait une demi-journée pour aller baigner son cheval et rentrer au village. Le fleuve n'avait pas encore tourné pour descendre au sud, il rejoignait la grande mer là-bas, au nord. Des champs et des champs s'étendaient vers l'est depuis le village, et, après les champs, c'était la grande brousse et ses fauves. Tous les hommes cultivaient ; mais, outre le travail des champs, les uns allaient à la pêche, les autres à la chasse. Samba était de ces derniers.

Un soir, Samba ne rentra pas, ni le lendemain, ni le surlendemain, ni plus jamais. On ne retrouva dans la brousse que ses os déjà blanchis. Un lion l'avait tué et les charognards, les hyènes et les fourmis avaient, les uns après les autres, nettoyé sa dépouille.

Samba laissait deux petits enfants : un garçon, N'Diongane, et une fille, Khary.

Tant que l'enfant a sa mère, aucune peine ne peut lui être cruelle. N'Diongane et Khary, qui ne voyaient pas souvent leur père de son vivant, n'eurent pas leurs habitudes changées. Khary était toujours aux côtés de sa mère et son frère avec les garçons du village, dans les champs ou sous l'arbre-des-palabres. Il ne rentrait qu'aux heures des repas ; encore fallait-il aller le chercher la plupart du temps, et c'est Khary qui y allait.

Koumba, la veuve de Samba, pleurait souvent ; Khary lui demanda un jour :

— Mère, pourquoi pleures-tu ainsi tout le temps ?

— Parce qu'il n'y a plus d'homme dans la maison.

— Mais, mère, N'Diongane est un homme.

— Oh ! Il est encore trop petit !

— Eh bien ! ce sera notre petit mari.

Et depuis ce jour-là, Khary n'appela plus son frère que « Petit-mari ».

Quand elle allait le chercher sous l'arbre-des-palabres, au bord du puits ou dans les champs, elle disait toujours :

— Petit-mari, mère t'appelle.

D'abord N'Diongane ne dit rien, mais ses petits camarades commencèrent à se moquer de lui chaque fois que sa sœur l'appelait « petit-mari ». Il dit à sa mère :

— Mère, défends à Khary de m'appeler « petit-mari » parce que mes camarades...

Khary interrompit en chantant :

Je le dis et le redis :

Petit-mari ! Petit-mari !

N'Diongane s'en alla en pleurant.

Des lunes et des lunes passèrent, des années s'écoulèrent, Khary appelait toujours son frère « petit-mari ».

Pour les enfants de douze ans, l'âge de N'Diongane, le temps de l'insouciance passa, l'heure de la circoncision était arrivée, le moment d'entrer dans « la case des hommes » et de commencer son éducation, sa formation pour devenir un homme dans toutes les circonstances de la vie, devant toutes les épreuves, et, but suprême, un chef de famille, le représentant des ancêtres.

Par une aube fraîche, un groupe d'enfants qui, leur vie durant, seraient « frères » parce qu'ils allaient mélanger leur sang sur les flancs d'un vieux mortier à moitié enfoui dans la terre, subirent, l'un après l'autre, pour la première fois et volontairement, la douleur. N'Diongane, le premier, se mit à califourchon sur le mortier et releva, jusqu'à la ceinture, son boubou de gros coton teint en jaune-brun. Le botal (celui qui porte sur son dos), le maître des garçons, se saisit de son membre, tira le prépuce qu'il attacha avec une ficelle fine, plus résistante que du fer ; il serra si fort que la ficelle disparut dans la peau, puis, de son couteau plus tranchant qu'une alène de cordonnier et qui crissait en coupant, d'un coup sec il trancha la partie impure de l'homme. Non seulement l'enfant n'avait pas crié, n'avait pas bronché, mais il n'avait même pas respiré plus fort que d'ordinaire. Koumba, sa mère, pouvait être fière, son fils sera un homme.

Le sang n'était pas encore coagulé sur les flancs du vieux mortier qu'un autre enfant avait chevauché

le billot évidé, puis un autre et un autre encore.
Aucun d'eux n'avait déshonoré sa famille. Les pan-
sements furent faits. L'éducation commençait dans
la case des hommes et dans la brousse pour former
l'esprit, endurcir le corps et aguerrir le caractère.

Le jour ils allaient au bois mort pour l'éclairage
et le chauffage de la nuit, à la chasse à la fronde, à
la chasse à l'épieu, à la chasse aux lingués (longues
baguettes dont chaque circoncis portait une paire).
Ils allaient aussi au chapardage, car on ne pouvait,
on ne devait rien leur réclamer de ce qu'ils volaient,
poulets, canards ou autres choses.

Le soir et à l'aube, c'étaient les kassaks, les
chants initiatiques, rudiments de la sagesse des
anciens, les chants exerce-mémoire composés souvent de mots et de phrases sans signification appa-
rente ou dont la signification se perdit aux temps
reculés où les hommes noirs s'éparpillèrent.
C'étaient les devinettes à double sens, les « passines », que les « sélbés », les récitants leur apprenaient à coups de lingués sur l'échine et de braises
rougeoyantes sur la main refermée. Les selbés, les
aînés, soignaient aussi sans ménagement, les plaies :
et il arrivait souvent que

> *La chèvre qui n'avait pas pleuré*
> *Quand on l'a égorgée,*
> *Criait quand on la dépouillait...*

(Le circoncis qui n'avait rien dit quand on l'avait
opéré, pleurait quand on le pansait.)

Hors de tout contact avec ceux du village, surtout
les femmes, le dur mois passa, où les enfants man-
geaient parfois bien ; mais le plus souvent, facétie
d'un selbé, la bouillie de mil au lait sucré au miel

était mélangée au couscous ou au riz pimenté ; et parfois, pour allonger la sauce, un aîné plus dur que les autres crachait dans la calebasse qui devait être vidée et propre comme si elle revenait du puits ou de la rivière. Car il faut savoir, quand on veut devenir un homme, vaincre toute répugnance.

Les enfants étaient devenus des hommes, ils portaient des culottes. Dans son boubou indigo, N'Diongane était le plus beau de tous. Quand il rentra chez lui, ce fut sa sœur qui l'accueillit :

— Mère, voici Petit-mari !

— Mère, fit N'Diongane, dis à Khary de ne plus m'appeler Petit-mari.

> *Je le dis et le redis :*
> *Petit-mari, Petit-mari !*

chanta Khary. Mais ce n'était plus de la voix espiègle d'une petite fille têtue et mal élevée. De son chant sourdait une sorte de ferveur, c'était une voix d'amoureuse, car Khary aimait son frère, son frère qui était le plus beau de tous les jeunes gens du village.

Elle alla, et tous les jours comme avant, le chercher aux champs et sous l'arbre-des-palabres :

— Petit-mari, mère t'appelle.

Tous ceux qui étaient à l'ombre du baobab, jeunes et vieux, se mirent à rire, alors N'Diongane répondit à sa sœur :

— Khary, tu diras à mère que je ne rentre pas à la maison, que je n'y rentrerai plus jamais, je m'en vais.

Il se leva et s'en alla vers la mer. Revenue à la maison, Khary prévint sa mère :

— Mère, Petit-mari est parti.

— Où ? demanda Koumba.

— Du côté de la mer, il a dit qu'il ne reviendra plus jamais.

Elles sortirent toutes les deux et virent N'Diongane qui s'en allait en courant là-bas, là-bas. La vieille femme appela en chantant :

> *N'Diongane reviens,*
> *N'Diongane chéri reviens !*
> *Que ta sœur ne t'exile pas,*
> *N'Diongane reviens !*

Le vent lui apporta la voix de son fils :

— Mère, dis à Khary de ne plus m'appeler Petit-mari.

> *Je le dis et le redis :*
> *Petit-mari !...*

chanta la sœur.

Dans le sable brûlant et mouvant où s'enfonçaient leurs pieds, elles suivirent N'Diongane. La vieille femme appelait toujours son fils :

> *N'Diongane reviens,*
> *N'Diongane chéri reviens !*

et Khary chantait toujours :

> *Je le dis et le redis :*
> *Petit-mari, Petit-mari !*

Le soleil les avait rattrapés et devancés tous les trois. Il plongea dans la mer. Le vent s'était rafraîchi qui portait la voix de N'Diongane. N'Diongane allait toujours vers la mer qui commençait à couvrir sa voix de son bruit lointain.

La nuit était venue, et, au chant de la vieille femme, au chant de sa fille, se mêlait maintenant le chant des vagues dominant la voix du jeune homme...

> *... Que ta sœur ne t'exile pas*
> *N'Diongane reviens...*

À l'aube, les deux femmes atteignirent le sable humide et elles aperçurent N'Diongane dont les chevilles étaient encerclées par l'écume des vagues qui déferlaient.

> *N'Diongane reviens,*
> *N'Diongane chéri reviens !*

suppliait la vieille femme.

— Mère, dis à Khary de ne plus m'appeler Petit-mari, demanda son fils.

> *Petit-mari, Petit-mari !*
> *Je le dis et le redis :*

s'entêta sa sœur.

N'Diongane avança jusqu'aux genoux dans les vagues qui roulaient et s'étalaient derrière lui.

> *Que ta sœur ne t'exile pas*
> *N'Diongane reviens !*

pleura la mère. Il avançait toujours dans l'eau, qui lui arriva à la poitrine.

— Mère, fit-il, dis à Khary de ne plus m'appeler
Petit-mari ! Et l'eau lui entourait le cou.

> *Je le dis et le redis :*
> *Petit-mari, Petit-mari !*

chantait toujours Khary. Et Koumba en larmes appelait toujours :

> *N'Diongane reviens.*

mais N'Diongane ne répondit plus, il avait disparu
dans la mer.

Koumba saisit alors Khary à la gorge et, la renversant par terre, lui enfonça la tête dans le sable
humide et mouvant jusqu'à ce que le corps de la
jeune fille devînt flasque comme les méduses que
les vagues avaient abandonnées sur la plage.

Elle chantait toujours appelant son fils, mais ses
yeux maintenant étaient secs et paraissaient même
ne plus voir la mer, ne plus voir les vagues qui s'en-
flaient ; les vagues qui s'enflèrent, roulèrent et
déferlèrent dans un immense rugissement. Les
vagues déferlèrent dans un immense mugissement,
engloutissant Koumba qui chantait toujours et le
cadavre de sa fille ; elles les engloutirent et s'étalè-
rent jusqu'à Ripène... Et, depuis, la mer n'est plus
retournée là-bas, là-bas au couchant.

Et lorsque, le soir, on colle à son oreille un des
coquillages de la plage, ce que l'on entend ce sont
les pleurs et les chants de Koumba-la-folle appelant
son fils

> *N'Diongane reviens,*
> *N'Diongane chéri reviens !*

VÉRITÉ ET MENSONGE

Fène-le-Mensonge avait grandi et appris beaucoup de choses. Il en ignorait beaucoup d'autres encore, notamment que l'homme — et la femme encore moins — ne ressemblait en rien au bon Dieu. Aussi se trouvait-il vexé et se considérait-il comme sacrifié chaque fois qu'il entendait dire : « Le bon Dieu aime la Vérité ! » et il l'entendait souvent. D'aucuns disaient, bien sûr, que rien ne ressemble davantage à une vérité qu'un mensonge ; mais le plus grand nombre affirmait que la Vérité et le Mensonge étaient comme la nuit et le jour. Voilà pourquoi le jour où il partit en voyage avec Deug-la-Vérité, Fène-le-Mensonge dit à sa compagne de route :

— C'est toi que Dieu aime, c'est toi que les gens préfèrent sans doute, c'est donc à toi de parler partout où nous nous présenterons. Car si l'on me reconnaissait, nous serions mal reçus.

Ils partirent de bon matin et marchèrent longtemps. Au milieu du jour, ils entrèrent dans la pre-

mière maison du village qu'ils atteignirent. Il leur
fallut demander à boire après qu'ils eurent salué.
Dans une calebasse dont la propreté n'était pas des
plus certaines, la maîtresse de maison leur donna de
l'eau tiède à faire vomir une autruche. De manger il
ne fut point question, cependant une marmite pleine
de riz bouillait à l'entrée de la case. Les voyageurs
s'étendirent à l'ombre du baobab au milieu de la
cour et attendirent le bon Dieu, c'est-à-dire la
chance, et le retour du maître. Celui-ci arriva au crépuscule et demanda à manger pour lui et pour les
étrangers.

— Je n'ai encore rien de prêt, dit la femme, qui
n'avait pu à elle seule avaler tout le contenu de la
marmite.

Le mari entra dans une grande colère, non pas
tant pour lui, qui cependant avait grand-faim, ayant
travaillé la journée durant au grand soleil des
champs, mais à cause de ses hôtes inconnus qu'il
n'avait pu honorer (comme doit le faire tout maître
de maison digne de ce nom) et qu'on avait laissés
le ventre vide. Il demanda :

— Est-ce là le fait d'une bonne épouse ? Est-ce
là le fait d'une femme généreuse ? Est-ce là une
bonne ménagère.

Fène-le-Mensonge, prudent et comme convenu,
ne dit pas un mot, mais Deug-la-Vérité ne pouvait
pas se taire. Elle dit sincèrement qu'une femme
digne du nom de maîtresse de maison aurait dû être
plus accueillante pour des étrangers et devait toujours avoir tout préparé pour le retour de son époux.

Alors la femme se mit dans une colère folle, et,
menaçant d'ameuter tout le village, intima à son
mari l'ordre de mettre à la porte ces étrangers imper-
tinents qui s'occupaient de son ménage et se

mêlaient de donner des conseils, sans quoi elle s'en retournerait sur l'heure chez ses parents. Force fut au pauvre mari, qui ne se voyait pas sans femme (même mauvaise ménagère) et sans cuisine du fait de deux étrangers, de deux passants qu'il n'avait jamais vus, qu'il ne verrait peut-être jamais plus de sa vie, de dire aux voyageurs de continuer leur chemin. Oubliaient-ils donc, ces voyageurs malappris, que la vie n'était pas du couscous, mais qu'elle avait besoin cependant d'émollient ? Avaient-ils besoin de dire aussi crûment les choses !

Fène et Deug continuèrent donc leur voyage, qui avait si mal commencé. Ils marchèrent encore long-temps et arrivèrent dans un village, à l'entrée duquel ils trouvèrent des enfants occupés à débiter un tau-reau bien gras qu'ils venaient d'abattre. En entrant dans la maison du chef de village, ils y virent des enfants qui disaient à celui-ci :

— Voici ta part, en lui présentant la tête et les pieds de l'animal.

Or, depuis toujours, depuis N'Diadiane N'Diaye, dans tous les villages habités par les hommes, c'est le chef qui donne ou qui fait donner à chacun sa part, et qui choisit la sienne — la meilleure.

— Qui pensez-vous donc qui commande dans ce village ? demanda le chef aux voyageurs.

Prudemment, Fène-le-Mensonge garda le silence et n'ouvrit pas la bouche ; et Deug-la-Vérité fut bien obligée, comme convenu, de donner son avis :

— Selon toute apparence, dit-elle, ce sont ces enfants.

— Vous êtes des insolents, dit le vieillard en courroux. Sortez de ce village, partez, partez tout de suite, sans quoi vous n'en sortirez plus. Allez-vous-en, allez-vous-en !

Et les voyageurs, malchanceux, continuèrent leur chemin.

En route, Fène dit à Deug :

— Les résultats ne sont pas bien brillants jusqu'ici, et je ne sais pas s'ils seront meilleurs si je continue à te laisser plus longtemps le soin de nos affaires. Aussi, à partir de maintenant, c'est moi qui vais m'occuper de nous deux. Je commence à croire que, si tu plais au bon Dieu, les hommes ne t'apprécient pas outre mesure.

Ignorant comment ils seraient reçus au village dont ils approchaient et d'où venaient des cris et les lamentations, Deug et Fène s'arrêtèrent au puits avant d'entrer dans une demeure quelconque et se désaltéraient, lorsque survint une femme tout en larmes.

— Pourquoi ces cris et ces pleurs ? demanda Deug-la-Vérité.

— Hélas, dit la femme (c'était une esclave), notre reine favorite, la plus jeune des femmes du roi, est morte depuis hier, et le roi a tant de peine qu'il veut se tuer pour aller rejoindre celle qui fut la plus aimable et la plus belle de ses épouses.

— Ce n'est qu'à cause de cela que l'on crie tant ? demanda Fène-le-Mensonge. Va dire au roi qu'il y a au puits un étranger qui peut ressusciter des personnes mortes même depuis longtemps.

L'esclave s'en fut et revint un moment après, accompagnée d'un vieillard qui conduisit les voyageurs dans une belle case où ils trouvèrent un mouton rôti entier et deux calebasses de couscous.

— Mon maître, dit le vieillard, vous envoie ceci et vous dit de vous reposer de votre long voyage. Il vous dit d'attendre ; il te fera appeler bientôt.

Le lendemain, on apporta aux étrangers un repas

encore plus copieux, et le surlendemain de même.
Mais Fène feignit d'être en colère et impatient ; il
dit aux messagers :

— Allez dire à votre roi que je n'ai point de
temps à perdre ici, et que je vais reprendre mon chemin, s'il n'a pas besoin de moi.

Un vieillard revint lui dire :

— Le roi te demande. Et Fène le suivit, laissant
Deug-la-Vérité dans la case.

— D'abord, que veux-tu comme prix de ce que
tu vas faire ? s'enquit le roi lorsqu'il fut devant lui.

— Que peux-tu m'offrir ? répliqua Fène-le-Mensonge.

— Je te donnerai cent choses de toutes celles que
je possède dans ce pays.

— Cela ne me suffit pas, estima Fène.

— Dis alors ce que tu désires toi-même, proposa
le roi.

— Je veux la moitié de tous tes biens.

— C'est entendu, accepta le roi.

Fène fit bâtir une case au-dessus de la tombe de
la favorite et y entra seul, munie d'une houe. On
l'entendit souffler et ahaner ; puis, au bout d'un
temps très long, il se mit à parler, d'abord doucement, ensuite à très haute voix, comme s'il se dispu-
tait avec plusieurs personnes ; enfin, il sortit de la
case et s'adossa fortement à la porte :

— Voilà que la chose se complique, dit-il au roi.
J'ai creusé la tombe, j'ai réveillé ta femme, mais à
peine était-elle revenue à la vie et allait-elle sortir
de sous terre, que ton père, réveillé lui aussi, l'a
prise par les pieds en me disant : « Laisse là cette
femme. Que pourra-t-elle te donner ? Tandis que si
je reviens au monde, je te donnerai toute la fortune
de mon fils. » Il n'avait pas fini de me faire cette

proposition que son père surgit à son tour et m'offrit tous tes biens et la moitié de ceux de son fils. Ton grand-père fut bousculé par le grand-père de ton père, qui me proposa tes biens, les biens de ton père, les biens de son fils et la moitié de sa fortune. Lui non plus n'avait pas fini de parler que son père arriva, tant et si bien que tes ancêtres et les aïeux de leurs ancêtres sont maintenant à la sortie de la tombe de ta femme.

Bour-le-Roi regarda ses conseillers, et les notables regardèrent le roi. L'étranger avait bien raison de dire que les choses se gâtaient. Bour regarda Fène-le-Mensonge, et les vieux le regardèrent. Que fallait-il faire ?

— Pour te tirer d'embarras, pour t'éviter d'avoir trop à choisir, dit Fène-le-Mensonge, indique-moi seulement qui, de ta femme ou de ton père, tu veux que je fasse revenir.

— Ma femme, dit le roi, qui aimait plus que jamais la favorite et qui avait toujours eu peur du roi défunt dont il avait, aidé des notables, précipité la mort.

— Évidemment, évidemment ! répliqua Fène-le-Mensonge. Seulement voilà, c'est que ton père, lui, m'offre le double de ce que tu m'as promis tout à l'heure.

Bour se tourna vers ses conseillers, et ses conseillers le regardèrent et regardèrent l'étranger. Le prix était fort, et que servirait-il au roi de revoir sa femme la plus aimée s'il se dépouillait de tous ses biens ? Serait-il encore roi ? Fène devina la pensée du roi et celle de ses notables :

— À moins, dit-il, à moins que tu ne me donnes, pour laisser ta femme où elle est actuellement, ce que tu m'avais promis pour la faire revenir.

— C'est assurément ce qu'il y a encore de mieux et de plus raisonnable, firent en chœur les vieux notables qui avaient contribué à la disparition du vieux roi.

— Qu'en dis-tu, Bour ? demanda Fène-le-Mensonge.

— Eh bien ! que mon père, le père de mon père et les pères de leurs pères restent où ils sont, et ma femme pareillement, dit le roi.

C'est ainsi que Fène-le-Mensonge, pour n'avoir fait revenir personne de l'autre monde, eut la moitié des biens du roi qui, d'ailleurs, oublia bien vite sa favorite et prit une autre femme.

LA BICHE
ET LES DEUX CHASSEURS

Esclave de la tête, la bouche commande au reste du monde, parle et crie en son nom, souvent à tort, parfois avec raison, sans demander leur avis ni au ventre, qui mangerait encore alors qu'elle se déclare rassasiée, ni aux jambes, qui voudraient ne plus marcher quand elle se dit capable d'aller plus loin.

La bouche prit tout le pouvoir du corps le jour où elle se sut indispensable. Elle sauve l'homme quelquefois et plus souvent le mène à sa perte, car il lui est difficile de se contenter de : « *Je ne sais pas.* »

Trop parler est toujours mauvais ; ne point se faire entendre est souvent source de désagréments, de même que ne pas comprendre ce que dit une autre bouche. C'est ce qu'avait dû se dire Serigne-le-Marabout qui, revenant de La Mecque, s'était arrêté à Kayes, chez un de ses disciples. Enfermé dans la plus belle des cases, Serigne s'était aussitôt mis à psalmodier verset du Coran et litanies. Vint l'heure du repas ; on envoya un bambin chercher le Marabout ; l'enfant entra dans la case et dit à Serigne :

— Ki ka na (« On t'appelle », en bambara).

Serigne lui répondit :

— Mana (« C'est moi », en woloff).

L'enfant s'en retourna dire à ses parents :

— Il a dit qu'il ne vient pas.

Et l'on dîna sans l'hôte.

Le lendemain matin, l'enfant était encore venu appeler dans sa langue le Marabout, et Serigne lui avait répondu dans la sienne. Ainsi, au milieu du jour et de même le soir. Trois jours durant et trois fois par jour, le fervent pèlerin fit au jeune messager la même réponse au même appel.

Convertis de fraîche date, les amphitryons du Marabout ne comprenaient rien à tant de ferveur. Le repas est certain de n'être point épargné quand la question n'est plus que de savoir s'il faut prier avant de manger ou manger avant de prier. Manger sans prier n'est point le fait d'un croyant, ne fût-il jamais à La Mecque. Mais prier sans manger ? Quelque puissance qu'ait la parole divine, ces bambaras encore récemment mécréants n'avaient jamais ouï-dire que le Coran pouvait remplacer une calebasse de riz, surtout de tô, de tô fait à la pâte de maïs accommodé avec une sauce filante aux gombos frais, accompagnée d'un poulet rôti à point, un vrai tô de chef pour honorer le Maître. Et voilà que le Maître refusait toujours de venir partager riz, tô ou couscous.

Serigne, de son côté, se demandait, entre une sourate et une litanie, si, depuis qu'il était entré dans la case, une nuée de sauterelles ne s'était point abattue sur les champs du pays ; si les termites n'avaient

pas dévasté les greniers ; si le fleuve Sénégal ne
s'était pas asséché en une nuit ; si toutes les races
de poissons qui le peuplaient : carpes, capitaines,
poissons-chiens, jusqu'aux immondes silures qui se
repaissent de déjections, désertant Kayes et Médine,
n'étaient point remontées vers le Fouta-Djallon, ou
descendues vers Saint-Louis et la mer. Il se demandait si tous les bœufs qui pâturaient, nombreux, sur
l'autre rive, n'avaient pas été enlevés en une nuit
par la peste ; si tous les moutons que les Maures
et les Peulhs faisaient descendre du Nord, atteints
subitement de pasteurellose, ne s'étaient pas
couchés en colère pour mourir en un clin d'œil. Il
se demandait enfin combien de fois par lune on
mangeait dans ce pays.

Sa dignité de grand Marabout lui interdisait,
cependant, de réclamer de la nourriture.

Le disciple, inquiet, était enfin venu voir le
Maître et l'on s'était expliqué.

Serigne ne comprenait pas, lui qui possédait
mieux qu'un savant de Tombouctou, l'arabe littéraire, un mot de bambara, et l'enfant qu'on lui dépê-
chait n'entendait point le woloff, n'étant jamais sorti
de Kayes et n'ayant jamais franchi la Falémé, qui
sépare le Soudan du Sénégal.

Quand le bambin, en bambara, disait au
Marabout :

— Ki ka na (On t'appelle).

Serigne comprenait :

— Ki ka na ? (Qui est-ce ? en woloff).

Et lorsque le Marabout répondait en woloff :

— Mana ! (C'est moi !)

L'enfant entendait :

— Ma na ! (Je ne viens pas, en bambara).

Serigne sut ainsi, aux dépens de son ventre, la

puissance de la bouche et la valeur de la parole, même profane.

Cependant, comme à quelque chose malheur est bon, et que la chance peut surgir même des liens qui vous ligotent, Serigne, à la suite de son jeûne forcé durant lequel nul aliment impur n'avait souillé sa bouche, devint mieux qu'un marabout, presque Wali, presque un saint.

—:—

(Je vais maintenant te raconter, dit Amadou Koumba, comment M'Bile-la-Biche acquit son savoir et ce qu'elle en fit contre deux chasseurs.)

—:—

Comme le miel dans l'eau, la parole, bonne ou mauvaise, se dissout dans la salive qui en garde une part de puissance.

Serigne prit congé de ses hôtes après avoir prié longuement pour eux et aspergé d'une poussière de salive les mains tendues vers lui et les crânes tondus des petits enfants.

Il reprit le chemin du retour.

C'est sur ce chemin que M'Bile-la-Biche était passée et avait brouté de l'herbe sur laquelle Serigne avait craché. Elle acquit ainsi, d'un seul coup et en un instant, toute sa science, tandis que Bouki-l'Hyène avait fréquenté vingt ans durant l'école coranique, et tout ce qu'elle en avait rapporté, c'était le fléchissement de ses reins et l'affaissement de son arrière-train dus au poids des fagots qu'elle avait portés chaque jour pour l'éclairage des cours du soir.

M'Bile devint donc, non pas le Marabout ni le Sorcier de la forêt et de la savane, mais Celle-qui-savait. Car elle savait des choses cachées aux autres bêtes, des choses qu'ignoraient les hommes qui n'étaient ni marabouts, ni sorciers.

Le premier qui en fit l'expérience, ce fut Koli le chasseur. Koli avait trouvé M'Bile au bord de l'eau. Qu'y faisait-elle le matin de si bonne heure ? Faisait-elle ses ablutions ou buvait-elle tout simplement comme n'importe quel autre habitant de la brousse ? Koli n'a pas eu le temps de le dire. M'Bile ne l'a jamais dit et personne ne le saura jamais. Koli avait donc visé M'Bile, celle-ci lui avait dit :

— Ne me tue pas, je t'apprendrai où trouver Éléphants et Sangliers.

— Cela m'est égal, avait répliqué Koli, c'est toi que je veux aujourd'hui, et il avait tiré.

— Tu ne m'as pas encore, fit M'Bile, qui n'avait pas été touchée par la balle.

Furieux, Koli avait bourré son fusil avec une mère-termite cuite au feu de n'guer et écrasée dans de la poudre de tamarin, et il avait abattu M'Bile. Quand il s'approcha pour la ramasser, M'Bile lui dit :

— Sotégoul ! (Ce n'est pas fini !)

Il lui trancha le cou, mais le couteau, en crissant sur les os, faisait : « Sotégoul ! » Koli chargea M'Bile sur sa nuque et sur ses épaules et rentra au village. Quand il arriva chez lui, il apprit que son fils venait de tomber dans le puits. « Sotégoul ! » fit le cadavre de la biche qu'il avait jeté par terre. Il la dépouilla, et la peau, en se décollant, faisait : « Ce n'est pas fini ! » Il la débita et le couteau, en coupant la viande, faisait : « Ce n'est pas fini ! » Koli mit les morceaux dans la marmite et la marmite, en

bouillant, faisait : « Ce n'est pas fini !... Ce n'est pas
fini !... Ce n'est pas fini !... » Mais la viande ne cuisait pas. Sept jours durant, Koli alla chercher du bois
mort. Sa femme, en soufflant sur le feu, reçut une
étincelle dans l'œil gauche et devint borgne. « Ce
n'est pas fini ! » firent le feu, la marmite et les morceaux de viande. La marmite bouillait toujours, mais
la viande ne cuisait jamais. Koli prit enfin un morceau pour le goûter, le morceau n'alla pas plus bas
que sa gorge où il se gonfla et lui fit éclater la tête.

— Sotina ! (C'est fini !) fit M'Bile, qui avait
sauté de la marmite et qui regagna la brousse.

-:-

La mésaventure de Koli fut rapportée aux habitants de la brousse par Thioye-le-Perroquet, qui la
tenait de Golo-le-Singe, qui fréquentait plus qu'aucun autre les parages des champs et des villages des
hommes. Ainsi s'établit la réputation de M'Bile-la-
Biche, que toutes les bêtes vinrent trouver un jour
pour se plaindre de N'Dioumane le chasseur, dont
elles voulaient également bien être débarrassées.

— Toi seule peux ramener la paix et les jours
heureux, avait dit Nièye-l'Éléphant, le roi au long
nez et aux petits yeux.

— Toi seule peux nous rendre la tranquillité en
nous débarrassant de N'Dioumane, dit Sègue-la-
Panthère, l'agile et sournoise à la peau sale et
trouble comme son cœur.

— Toi seule peux rendre le calme à notre brousse
et à la forêt, et nous ôter cette peur qui nous attend
au pied de chaque arbre et dans chaque touffe
d'herbe, dit Bouki-la-Fourbe, l'Hyène aux reins fléchis et à la fesse basse.

Et tous, Gayndé-le-Lion aux yeux rouges qui avait emprunté au sable sa teinte pour se cacher, jadis, pour surprendre ses victimes, maintenant pour fuir N'Dioumane ; Leuk-le-Lièvre, qui s'était accroché ses savates au cou pour mieux courir ; Thile-le-Chacal qui courait à droite, puis à gauche, pour éviter coups et balles, tous vinrent demander à M'Bile-la-Biche d'en finir avec N'Dioumane et les chiens de N'Dioumane. M'Bile leur promit la perte du chasseur.

La connaissance de M'Bile, quoique grande, était cependant de trop fraîche date ; et si elle savait que la terre était vieille, vieille, que les arbres étaient vieux, vieux, que l'herbe avait existé de tout temps, elle ignorait que le pacte conclu entre la terre et les arbres, l'herbe et les aïeux de N'Dioumane était aussi vieux que la race des chasseurs.

M'Bile n'ignorait point que Khatj-le-Chien était aussi un assez bon maître de la connaissance, ayant appris son savoir de la Lune, mais elle ne savait pas que le pacte qui liait Khatj à la race de N'Dioumane datait du jour où le chien avait pénétré dans la demeure de l'homme pour en écarter les génies malfaisants.

N'Dioumane, le père de N'Dioumane, le père du père de N'Dioumane, ses ancêtres depuis le premier, abreuvaient la terre de sang chaud, versaient au pied des arbres et sur l'herbe du sang de la première bête tuée à la pleine lune ; et la Terre, les Arbres, l'Herbe ne devaient plus cacher à leur vue l'animal qu'ils voulaient abattre. Depuis le premier ancêtre, toute la race de N'Dioumane, le père du père de N'Dioumane, le père de N'Dioumane et N'Dioumane offraient aux chiens le cadavre de la première bête abattue à la nouvelle lune ; et les chiens devaient sentir et dépister la bête à tuer. La bête dépistée, découverte, N'Dioumane la visait, et le canon de son fusil, tendu comme un long doigt, indiquait le chemin à la balle ; et la balle arrivait sur la bête ainsi qu'un messager consciencieux qui ne traîne jamais en route, qui n'oublie jamais sa mission et qui arrive toujours à destination.

De mémoire de gibier, aucun habitant de la forêt ou de la savane, senti par les chiens de N'Dioumane, vu par N'Dioumane, visé par le fusil de N'Dioumane, n'avait échappé à la balle qui lui avait été destinée.

Les chiens de N'Dioumane, nés dans sa demeure, avaient reçu de son père les noms de Worma (Fidélité), Wor-ma (Trahis-moi), Digg (Promesse) et Dig (Haie mitoyenne). Le père de N'Dioumane pensait qu'en ces mots s'enfermait assez de sagesse pour l'homme qui ne voulait point avoir de déceptions dans son existence. Car, disait-il, comme Worma et Wor-ma étaient les mêmes, Fidélité et Trahison allaient de pair ; en effet, expliquait-il, si la Fidélité devait durer toujours, l'eau ne cuirait jamais le poisson qu'elle a vu naître et qu'elle a élevé. Il disait aussi que la Promesse était une couverture bien épaisse, mais qui s'en couvre grelottera aux grands froids. Il disait encore qu'avoir la même haie mitoyenne n'a jamais donné deux champs de même étendue, pas plus que deux hilaires[1] de même longueur ne suffisaient pour remplir de mil deux greniers de même contenance. Il ne disait pas, mais il

_____

(1) *Hilaire* : instrument aratoire en forme de croissant au bout d'un long manche, du nom d'Hilaire Prom, premier commerçant qui en vendit au Sénégal. Nom woloff : *Gop*.

le pensait sans doute, qu'il y avait chasseur et chasseur, ce que M'Bile-la-Biche ignorait peut-être, malgré son grand savoir.

Il disait encore d'autres paroles de sagesse que son fils parut avoir oubliées le jour où s'arrêta sur le seuil de sa maison, chantant et dansant au son du tam-tam, cette bande joyeuse de jeunes femmes plus jolies les unes que les autres.

-:-

Après avoir cherché pendant une lune, M'Bile avait trouvé ou croyait avoir trouvé comment perdre N'Dioumane et ses chiens. Elle avait envoyé Golo-le-Singe et Thioye-le-Perroquet chercher le peuple de la brousse.

— Nous allons, avait-elle dit aux autres bêtes, nous changer en femmes et nous irons rendre visite à N'Dioumane le chasseur.

Ainsi fut fait...

> *Salamou aleykoum*
> *Nous vous saluons,*
> *N'Dioumane et ta famille ;*
> *Tu as des hôtes d'importance,*
> *Il te faut les nourrir...*

Chantant, jouant du tam-tam et dansant, vêtues des plus beaux boubous et des plus jolis pagnes qu'on eût jamais vus, couvertes de bijoux, les femmes, sur l'invitation de N'Dioumane, entrèrent dans la maison.

> *Salamou aleykoum*
> *Nous vous saluons*

Les unes après les autres, elles vinrent s'agenouiller devant le chasseur ; les tam-tams ronflaient, les mains claquaient :

> *N'Dioumane et ta famille ;*
> *Tu as des hôtes d'importance,*
> *Il te faut les nourrir...*

N'Dioumane ne pouvait savoir quelle était la plus belle de toutes ces femmes, ni sur laquelle arrêter le plus longuement ses yeux.

Les tam-tams cessèrent enfin de battre et les femmes de danser. Tout le monde s'assit et elles racontèrent leur voyage et dirent le but de leur visite, pendant qu'on égorgeait taureaux et béliers et que les pilons écrasaient le mil dans le ventre des mortiers.

— Nous venons de loin, dit une grande femme aux formes arrondies, au teint très noir.

— Pas de si loin, cependant, que ta réputation n'y soit parvenue, N'Dioumane, roi des chasseurs, fit une autre femme, menue, au teint clair, au cou mince.

Leur voix était douce et caressante, et le chasseur était si ravi qu'il n'entendit que le troisième appel de l'enfant qui était venu lui dire que sa mère le demandait.

— N'Dioumane, lui dit sa mère, tout ceci me fait peur. Regarde cette grosse femme au teint si noir, au nez si fort, elle ressemble à Nièye-l'Éléphant.

— Où vas-tu chercher de pareilles pensées, ma mère ? avait demandé N'Dioumane en riant.

— Regarde celle-là, si menue au teint clair, au cou si long et si mince, n'est-ce pas M'Bile-la-Biche ?

— Qu'est-ce que tu peux bien raconter là, ma mère ?

— N'Dioumane, mon fils, méfie-toi, avait dit la vieille femme, et le chasseur s'en était retourné vers la joyeuse et bruyante compagnie.

Lorsqu'on apporta les calebasses pleines de couscous où nageaient les plus succulentes tranches de viande, les jeunes femmes firent la moue :

— Décidément, nous n'avons pas faim du tout, dit l'une d'elles.

Une autre expliqua :

— Nous avons tant mangé de bœuf, de mouton et de chèvre que nous nous attendions à autre chose de la part de N'Dioumane, le roi des chasseurs.

Piqué au vif, le chasseur demanda :

— Dites-moi tout ce que vous voulez manger, et je vous l'offre à l'instant. Voulez-vous de la viande de biche ? Voulez-vous du Koba ? du Sanglier ? de l'Hippopotame ?

— Non ! Non ! firent les femmes, dont quelques-unes commençaient à trembler.

— Nous avons envie, dit la femme au teint clair, nous avons envie de viande de chien.

Malgré les conseils de sa mère, N'Dioumane donna l'ordre de tuer les chiens. Ce qui fut fait.

— Au moins dit la vieille femme, ne laisse perdre aucun des os des chiens, ramasse-les tous et rapporte-les-moi quand tes invitées auront fini de manger.

On servit le couscous à la viande de chien aux jeunes et jolies femmes, qui se déclarèrent heureuses et satisfaites de la large hospitalité du grand chasseur, dont elles chantèrent à nouveau les louanges. Les esclaves et les enfants qui avaient servi le repas ramassèrent tous les os et les rapportèrent à la mère,

qui les mit dans quatre canaris où elle avait déjà
recueilli du sang des chiens égorgés.

— Nous allons repartir, car il se fait tard, dit la
femme menue, au teint clair, qui semblait, malgré
sa petite taille, avoir le plus d'autorité, et qui,
N'Dioumane se le disait maintenant était la plus
agréable de toutes. Ses compagnes paraissaient
d'ailleurs l'écouter, quand elle parlait, avec respect
et déférence comme si elle était une sorte de reine.

— Nous allons repartir, N'Dioumane, dirent les
autres femmes.

— Vous nous quittez déjà ? demanda le chasseur,
qui s'attristait et qui regardait toujours la femme
menue, au teint clair.

— Eh bien ! raccompagne-nous, tu nous auras
ainsi avec toi quelque temps encore, lui dit celle-ci.

Le chasseur alla dire à sa mère qu'il reconduisait
les femmes qui s'en retournaient chez elles.

— Prends ton fusil, lui dit la vieille femme.

Quand les jeunes femmes le virent venir avec son
fusil, elles s'écrièrent indignées :

— Qu'as-tu besoin d'un fusil pour accompagner
des femmes ?

N'Dioumane revint déposer son fusil, sa corne de
poudre et son sachet de balles.

— Prends alors ton arc, lui dit sa mère.

Les jeunes femmes se fâchèrent en le voyant, son
arc sur l'épaule :

— Notre compagnie va-t-elle tant te déplaire
pour que tu t'équipes comme si tu allais à la guerre ?

Il s'en retourna déposer son arc et ses flèches.

Sa mère lui dit alors en lui tendant la main :

— Prends ces noix de palme. Quand tu seras en
danger, tu les jetteras par terre et tu m'appelleras.

Dans les cris, les chants et le bourdonnement des

tam-tams, la joyeuse bande, N'Dioumane au milieu,
s'en alla.

Elle marcha longtemps en dansant, en criant, en
chantant ; puis les cris cessèrent, les chants faibli-
rent, les tam-tams se turent. Un silence lourd pesait
sur la savane. N'Dioumane regardait toujours la
femme menue, au teint clair. Soudain, sur un signe
de celle-ci, toutes les femmes s'arrêtèrent. Elle dit
au chasseur :

— N'Dioumane, attends-nous ici, nous allons
quelque part.

Elles s'éloignèrent, le laissant tout seul. Quand
elles furent loin, bien loin, elles demandèrent :

— N'Dioumane, nous vois-tu ?

— Je vois vos boubous indigo et vos pagnes
rayés, cria N'Dioumane.

Elles marchèrent encore loin, bien loin, et demandèrent :

— N'Dioumane, nous aperçois-tu ?

— J'aperçois la poussière que vous avez soule-
vée, cria N'Dioumane.

Elles allèrent encore loin, bien loin, et demandèrent :

— N'Dioumane, nous aperçois-tu ?

— Je ne vois plus que le ciel et la terre, cria
N'Dioumane.

Elles s'arrêtèrent alors, se dépouillèrent de leurs
bijoux et de leurs vêtements et se couchèrent sur le
sol. Quand elles se relevèrent, elles étaient redeve-
nues le peuple de la brousse. M'Bile-la-Biche était
au milieu des animaux.

Tous : Nièye-l'Éléphant au grand nez, Gayndé-
le-Lion aux yeux rouges, Sègue-la-Panthère au
pelage sale, Koba-le-Cheval aux cornes tordues,
Thile-le-Chacal qui bousculait ceux de droite et

ceux de gauche, M'Bam-Hal-le-Phacochère, Leuk-
le-Lièvre qui filait sous le ventre des autres, Ba-
n'dioli-l'Autruche qui couvrait de son aile trop
courte Bouki-l'Hyène à la fesse basse, tous s'élancè-
rent vers le chasseur.

N'Dioumane aperçut d'abord leur poussière, puis
il vit la masse noire de Nièye, le pelage fauve de
Gayndé et de M'Bile, les taches de Sègue et de
Bouki. Il jeta par terre une noix de palme en criant :
« N'dèye yô ! » (Ma mère !)

Du sol s'éleva un palmier dont le cimier touchait
presque le ciel. Il y grimpa juste au moment où les
bêtes arrivaient sur lui.

Pleines de rage, les bêtes, le nez en l'air, tournaient autour du palmier quand M'Bile, grattant le
sol au pied de l'arbre, déterra une hache qu'elle
remit à l'Éléphant. Bûcheron géant, Nièye attaqua
l'arbre géant, et ses coups étaient rythmés par le
chant que la Biche venait de lancer aux autres
animaux :

> *Wèng si wélèng !*
> *Sa wélèng wèng !*
> *N'Dioumane tey nga dè !*
> *(Tout seul arrive !*
> *Arrive tout seul !*
> *N'Dioumane tu mourras !)*

Le palmier avait frissonné jusque dans ses cheveux qu'il présentait au ciel pour les tresser, puis il
avait tremblé ; Nièye frappait toujours :

> *Sa wélèng wèng !*
> *Wèng si wélèng !*

L'arbre fit entendre un craquement, se balança trois fois et se pencha. Il allait s'abattre quand N'Dioumane jeta la deuxième noix en criant : « N'Dèye yô ! » Du sol poussa, jusqu'au ciel, un palmier trois fois plus haut que celui qui gisait maintenant par terre et duquel N'Dioumane avait sauté pour grimper sur le deuxième. Nièye, s'élança vers celui-ci et reprit son labeur de destruction.

> *Wèng si wélèng !*
> *Sa wélèng wèng !*
> *N'Dioumane tu mourras !*

Dans ses bras, entre ses jambes, contre son corps N'Dioumane avait senti le palmier qui tremblait déjà lorsqu'il pensa à ses chiens qu'il avait sacrifiés, il se rappela le pacte conclu entre ses aïeux et la race des chiens et qu'il avait été le premier à rompre, il se rappela que les chiens savaient et voyaient des choses que les hommes ne voient pas, que les hommes ne savent pas, il se mit à rappeler :

> *Ô ! Worma, Wor-ma*
> *Chiens de mon père,*
> *Que j'ai trahis*
> *Ne me trahissez pas !*
> *Ô ! Dig, Ô ! Digg*
> *N'Dioumane désespère*
> *Secourez-le !...*

Comme M'Bile de la marmite de Koli, les quatre chiens sortirent des canaris qui contenaient leur sang et leurs os. Worma prit le fusil de son maître, Worma la corne de poudre, Dig le sachet de balles et,

Digg donnant de la voix, ils suivirent les traces de
N'Dioumane.

> *Arrive tout seul !*
> *Tout seul arrive !*

Nièye avait continué à frapper à grands coups de
cognée. Le deuxième palmier avait craqué, il s'était
balancé, il s'était penché pour s'étendre enfin. Mais,
avant sa chute, N'Dioumane, qui appelait toujours :

> *Ô ! Worma, Wor-ma*
> *Ô ! Dig, Ô ! Digg !*

avait jeté la dernière noix de palme et avait grimpé
sur le troisième palmier, sept fois plus grand que
celui qui venait de tomber, son sommet avait percé
le ciel.

Nièye frappait toujours, les bêtes chantaient toujours :

> *Wèng si wélèng !*

la cognée creusait toujours le pied du palmier.

> *Arrive tout seul !*
> *N'Dioumane tey nga dè !*

N'Dioumane appelait toujours :

> *Chiens de mon père,*
> *N'Dioumane désespère*
> *Secourez-le !...*

Le dernier palmier s'était balancé, il s'était

penché, il allait s'abattre lorsque, dominant le bruit de la cognée, plus forte que le chant des animaux, plus haute que l'appel du chasseur, retentit la voix de Digg : « Bow ! Bow ! Bow ! » Et le palmier, en tombant, déposa N'Dioumane au milieu de ses chiens.

Quand l'imprudent chasseur prit son fusil, sa corne de poudre et son sachet de balles de la gueule de ses amis plus fidèles que lui, les bêtes, M'Bile-la-Biche en tête, s'étaient déjà enfuies au cœur de la brousse.

-:-

C'est depuis N'Dioumane, dit Amadou Koumba, que tout chasseur, n'irait-il chercher que du bois mort, emporte toujours son fusil.

LES CALEBASSES DE KOUSS

« Qui suspend son bien déteste celui qui regarde en haut. »

Ce n'était pas à la femme de Bouki-l'Hyène ni à celle de Leuk-le-Lièvre que l'on s'adressait personnellement lorsque l'on discutait de beauté, cependant ces dames se sentaient visées et se désolaient chaque fois qu'elles entendaient parler de femmes laides. Ne pouvant plus y tenir, elles demandèrent à leurs époux de leur trouver colliers, bracelets et ceintures pour s'embellir. En bons maris, Bouki et Leuk s'en allèrent à la quête des bijoux.

Au premier marigot qu'ils trouvèrent, Bouki s'arrêta, prit de l'argile humide, la pétrit, en fit des boulettes de différentes grosseurs qu'il mit à sécher au soleil après les avoir percées. Le soir venu, il en enfila plusieurs cordées et revint dire à sa femme :

— Tiens, voilà ton collier. Voici tes ceintures. Mets-toi ceci aux poignets et ceci aux chevilles.

Pendant ce temps, Leuk-le-Lièvre battait la brousse et fouillait la savane. Las de courir à droite et à gauche du matin au soir et ce durant sept jours, Leuk s'était étendu, le soleil chauffant vraiment trop fort, au pied d'un baobab.

— Que l'ombre de cet arbre est donc fraîche et bonne ! fit-il en s'étirant après un bon somme.

— Si tu goûtais de mes feuilles, tu verrais qu'elles sont « encore meilleures », dit le baobab.

Leuk cueillit trois feuilles et les mangea, puis approuva :

— C'est vraiment délicieux !

— Mon fruit est encore plus délicieux, dit le baobab.

Leuk grimpa décrocher une des massues à frêle queue qui enferment le fruit farineux et sucré qu'on appelle « pain de singe », car jusque-là seul Golo-le-Singe avait su le cueillir et l'apprécier, se gardant, en égoïste qu'il était, d'en offrir à qui que ce fût. Leuk cassa la coque et goûta la poudre savoureuse.

— Si seulement je pouvais m'en procurer une grande quantité, j'en vendrais et je serais riche, dit-il.

— C'est donc la richesse que tu cherches ? demanda le baobab. Regarde dans mon tronc.

Leuk avança le museau et vit de l'or, des bijoux, des boubous, des pagnes qui brillaient comme le soleil et les étoiles. Il tendit la patte vers toutes ces richesses dont il n'aurait jamais osé rêver.

— Attends, dit le baobab, ces choses ne m'appartiennent pas, je ne peux te les donner. Mais dans le champ de gombos, tu trouveras quelqu'un qui peut te les procurer.

Lièvre s'en alla dans le champ de gombos et y trouva un Kouss. Le lutin était encore jeune, car si ses cheveux lui tombaient déjà sur les fesses, il n'avait pas encore de barbe ; et il faut être un jeune lutin pour s'aventurer en plein soleil au milieu d'un champ de gombos.

— Kouss, dit Leuk après avoir salué le petit lutin qui avait un peu peur, Kouss, Gouye-le-Baobab m'envoie vers toi...

— Je sais pourquoi, coupa le lutin, rassuré par la voix amène de Leuk. Viens avec moi par le trou de ce tamarinier, mais garde-toi de rire de tout ce que tes yeux vont voir chez moi. Quand mon père va rentrer ce soir, il voudra placer son gourdin contre l'enclos, mais ce sera le gourdin qui saisira mon père et qui le mettra contre la clôture de paille. Quand ma mère rentrera avec un fagot sur la tête, elle voudra jeter le fagot par terre, mais ce sera le fagot qui soulèvera ma mère et qui la jettera sur le sol. Ma mère tuera un poulet en ton honneur, mais elle te fera manger les plumes rôties à la place de la viande qu'elle jettera. Tu mangeras les plumes sans rien dire ni t'étonner.

Leuk promit de suivre les conseils de Kouss, qui le fit descendre par le tronc troué du tamarinier.

Dans la demeure des lutins, tout se passa comme le petit Kouss l'avait annoncé à Lièvre : et celui-ci, qui ne s'était étonné de rien de ce qu'il avait vu ou entendu, y resta trois jours. Au quatrième jour, le petit lutin lui dit :

— Mon père, en rentrant, ce soir, te présentera deux calebasses, tu prendras la plus petite.

Le vieux entra, fit appeler Leuk et lui tendit deux calebasses, une grande et une petite. Leuk prit la plus petite, et le vieux lutin lui dit :

— Rentre maintenant chez toi. Quand tu seras seul dans ta case, tu diras à la calebasse : « Keul, tiens ta promesse ! » Va, et que ton chemin soit doux.

Leuk remercia les lutins grands et petits, salua poliment et s'en retourna chez lui.

— Keul, tiens ta promesse ! fit-il une fois dans sa case.

La calebasse se remplit de bijoux de toutes sortes, de colliers, de bracelets, de ceintures de perles, de boubous teints à l'indigo du bleu-noir au bleu ciel, de pagnes de n'galam, qu'il donna à sa femme.

Lorsque la femme de Leuk parut au puits le lendemain, couverte de bijoux resplendissant au soleil, l'épouse de Bouki-l'Hyène faillit mourir de jalousie ; elle ouvrit les yeux, elle ouvrit la bouche et tomba évanouie, écrasant ses ceintures, ses colliers et ses bracelets d'argile séchée. Quand elle revint à elle, trempée jusqu'aux os par l'eau qu'on lui avait jetée pour la ranimer, elle courut jusque dans sa case secouer rudement son mari, qui s'étirait et bâillait, venant juste de se réveiller de son deuxième sommeil.

— Fainéant, propre à rien, hurla-t-elle pleine de rage, la femme de Leuk est couverte de bijoux, elle est parée d'or et de perles, et tu n'as trouvé que de l'argile durcie pour la tienne. Si tu ne m'offres pas des bijoux comme les siens, je m'en retourne chez mon père.

Bouki chercha toute la journée comment faire pour se procurer des bijoux. Au crépuscule, il croyait avoir trouvé. Il s'emplit la joue gauche d'arachide crue bien mâchée et alla trouver Leuk-le-Lièvre.

— Oncle Lièvre, fit-il en geignant, j'ai une dent qui me fait horriblement souffrir. Enlève-la-moi, pour l'amour de Dieu.

— Et si tu me mordais ? s'inquiéta Lièvre.

— Te mordre, toi ? Alors que je ne peux même pas avaler ma salive ?

— Hum ! Ouvre toujours la bouche. Laquelle est-ce ? Celle-ci ? demanda Leuk, en tâtant une canine.

— N... on ! encore plus loin.

— Celle-ci, alors ?

— N... on ! encore plus loin.

Et quand Leuk eut enfoncé profondément sa patte, Bouki ferma la gueule et serra fortement.

— Vouye yayo ! (Oh ! ma mère !) cria Leuk.

— Je ne te lâcherai pas tant que tu ne m'auras pas dit où tu as trouvé toutes ces richesses.

— Laisse-moi, je t'y conduirai au premier chant du coq.

— C'est juré ? interrogea Bouki entre ses dents et la patte de sa victime.

— Sur la ceinture de mon père ! promit Leuk.

La terre n'était même pas encore froide que Bouki, qui n'avait pas fermé l'œil depuis le crépuscule, se leva et alla frapper son coq, puis vint dire à Lièvre :

— Le coq a chanté !

— Peut-être bien, fit Leuk, mais les vieilles gens n'ont pas toussoté.

Bouki alla au bout d'un instant, serrer le cou de sa vieille mère, qui se mit à tousser.

— Les vieilles ont toussé, revint-il dire.

— C'est bon, dit Leuk, qui n'était pas dupe, mais qui se disait que mieux valait en finir avant l'aube avec cet impossible voisin qui ne le lâcherait pas encore au crépuscule s'il ne lui donnait satisfaction.

Et ils partirent. En chemin, Leuk donna des conseils à Bouki et lui expliqua ce qu'il fallait faire et ce qu'il fallait dire, ce qu'il ne fallait pas dire et ce qu'il ne fallait pas faire. Il le laissa au pied du baobab et s'en retourna chez lui continuer son somme.

Bouki s'assit un moment, s'étendit un court instant, puis se leva et dit à l'arbre :

— Il paraît que ton ombre est fraîche, que tes feuilles sont bonnes, et que tes fruits sont délicieux, mais je n'ai pas faim et je n'ai pas le temps d'attendre ici que le soleil chauffe, j'ai autre chose à faire de plus important. Indique-moi seulement où se trouve celui qui doit me donner des richesses pareilles à celles qu'enferme ton tronc et qui, à ce que tu prétendrais, ne sont pas à toi.

Le baobab lui indiqua le champ de gombos. Il y alla et attendit jusqu'au milieu du jour la venue du jeune lutin. Quand celui-ci parut, il l'attrapa et se mit à le rudoyer. Le petit Kouss le conduisit par le trou du tronc du tamarinier, après lui avoir conseillé de ne s'étonner ni de rire de rien de ce qu'il verrait chez ses parents.

Pendant les trois jours qu'il resta dans la demeure des lutins, Bouki se moqua de tout ce qu'il voyait, après avoir déclaré qu'il n'avait jamais vu jeter de la viande et manger des plumes.

— Ça alors ! s'étonnait-il à chaque instant, depuis que je suis né, je ne l'ai jamais vu, je ne l'ai jamais entendu !

Aussi le petit Kouss, qui n'avait pas oublié les coups qu'il avait reçus dans le champ de gombos, se garda-t-il bien d'indiquer à ce malotru laquelle des calebasses il fallait choisir. D'ailleurs, le lui eût-il indiqué, que certainement Bouki n'en eût pas tenu compte ; il s'estimait moins bête que Leuk, pourquoi prendre la petite calebasse (comme Lièvre le lui avait conseillé), alors qu'avec la grande, selon toute

logique, on devait avoir davantage de richesses ?
Pas si bête !

Lorsque le vieux lutin lui présenta, au quatrième
jour, les deux calebasses, en lui disant d'en prendre
une, Bouki se saisit de la plus grosse et demanda à
s'en retourner chez lui.

— Arrivé chez toi, lui dit le vieux lutin, tu diras
à la calebasse : « Keul, tiens ta promesse ! »

Bouki remercia à peine, ne salua même pas et
s'en alla.

Une fois dans sa maison, il ferma la porte de la
clôture et plaça contre la porte un gros tronc d'arbre.
Il entra dans sa case après avoir ordonné à sa femme
qui pilait le mil et à ses enfants, de placer pilons,
mortiers, marmites et tout ce qu'ils trouveraient
contre la porte.

— Sous aucun prétexte, je ne veux qu'on me
dérange, cria-t-il à travers la porte si lourdement fer-
mée ; et posant par terre la calebasse : Keul, tiens ta
promesse !

De la calebasse surgit un gourdin gros comme le
bras et long de trois coudées, qui se mit à le frapper
vigoureusement. Courant, hurlant, se cognant à la
paillote, Bouki chercha longtemps la porte, le gourdin s'abattant sans arrêt sur son dos et sur ses reins.
La porte de la case céda enfin. Renversant pilons,
marmites et mortiers, Bouki courut s'attaquer à la
porte de la sakhett, culbutant femme et enfants, toujours sous les coups sans répit de l'implacable gourdin. Il parvint enfin à déplacer le lourd tronc d'arbre,
à démolir la porte de la clôture et à se sauver dans
la brousse.

Depuis ce temps-là, Bouki-l'Hyène ne se soucie
plus de bijoux ni même de boubous.

L'HÉRITAGE

La douce journée qui s'achevait était à l'image de la vie du vieux Samba : calme et limpide, remplie de labeur, de sagesse, de bonnes actions.

Les souffles qui portaient la nuit s'attardaient au faîte du tamarinier, attendant que le corps usé laissât s'envoler l'âme pour la guider vers la demeure des ancêtres. Dans les cases blotties comme des poussins peureux autour de celle de l'aïeul, le silence lourd pesait sur les femmes et les enfants. Seul, le crépitement des brindilles jetées au feu répondait aux derniers bruits du jour. Dans les demeures voisines, les pilons s'étaient tus au pied des mortiers.

Près du foyer qui mourait, incapable désormais de rendre leur chaleur à ses membres que tant de jours avaient réchauffés et que tant d'aubes avaient refroidis, le vieux Samba s'éteignait au terme d'une existence d'homme de bien. Devant sa couche, sa dernière couche avant le sein de la terre, la terre nourricière, mère des hommes, qu'aucun de ses gestes, qu'aucune de ses paroles n'avait offensée,

n'avait irritée, se tenaient Momar, Moussa et
Birame, ses fils.

Levant le bras, le moribond leur désigna, pendues
au toit de chaume, trois outres. Après que chacun en
eut pris une, son bras retomba, il avait quitté la maison des vivants pour le pays des ombres.

-:-

Les funérailles de Samba furent comme sa vie,
riches et dignes.

Au terme du deuil, qui dura une lune et pendant
lequel trois taureaux furent sacrifiés chaque matin,
Momar, Moussa et Birame pensèrent à regarder ce
que contenaient les outres que leur père leur avait
léguées.

Plus légère que les autres, l'outre de Birame renfermait des bouts de corde, celle de Moussa, qui
était la plus lourde, était remplie de pépites et de
poudre d'or, et la troisième, qu'avait prise Momar,
contenait du sable.

— Père nous aimait d'un amour égal, dit Moussa,
et je ne comprends pas, qu'étant le plus jeune, ce
soit à moi qu'il voulût laisser tout cet or.

— Je ne comprends pas qu'à moi, l'aîné, il n'ait
laissé qu'une outre de sable, dit Momar, et à toi,
Birame, des bouts de corde.

— Ni à l'un, ni à l'autre, fit Birame, père n'a
laissé ni ceci, ni cela. Il nous avait montré les outres
et nous les avons prises au hasard. Il nous faut
savoir ce qu'il n'a pas eu le temps de nous dire avant
de rejoindre les aïeux qui l'ont appelé. Allons trouver les vieux du village, ils nous le diront peut-être.

Ils s'en furent à l'arbre-des-palabres, à l'ombre
duquel devisaient les anciens du village. Mais les

vieux, dont la sagesse était grande cependant, ne purent leur expliquer ce que Samba mourant n'avait pu leur dire. Ils les envoyèrent aux vieux de N'Gagne, qui leur conseillèrent d'aller interroger ceux de Niane. Le plus vieux des vieux de Niane leur dit :

— Je ne sais pas ce que votre père a voulu vous ordonner par l'intermédiaire de ces trois outres, et je ne sais qui pourrait vous le dire dans ce pays, où je suis celui qui a vu le plus de jours se lever et plus de lunes croître et décroître ; mais, du temps où je n'étais qu'un bambin, j'entendais la grand-mère de ma grand-mère parler de Kém Tanne, l'homme qui savait tout. Allez à sa recherche et que votre route soit douce.

Le vendredi, jour faste pour voyager, Moussa, Momar et Birame, laissant la bride à leurs chevaux blancs, sortirent du village à la recherche de Kém Tanne.

Sept jours ils allèrent, traversant bois et marigots, forêts et rivières. À l'aube du huitième jour, ils rencontrèrent, sur un sentier, M'Bam Hal-le-Phacochère. Certes, ils connaissaient, et de longue date, M'Bam Hal. Ils avaient eu, plus d'une fois, des démêlés avec lui ; celui-ci ne prenait-il pas leurs champs de maïs ou de patates pour ses propriétés privées ? Mais M'Bam Hal accoutré ainsi qu'ils le voyaient ? C'était la première fois de leur vie et, peut-être bien même, depuis N'Diadiane N'Diaye, depuis la nuit des temps, c'était la première fois qu'il était donné à un fils d'Adama N'Diaye, le père des hommes, de le voir.

Mais l'homme ne doit s'étonner, ni montrer son étonnement que devant qui peut le renseigner. Ils se dirent tout simplement : « Kou yague dème yague guisse » (Qui marche longtemps voit beaucoup), au spectacle de M'Bam Hal vêtu d'un grand boubou rouge, coiffé d'un bonnet blanc à deux pointes, chaussé de babouches jaunes et dévidant un chapelet dont chaque grain était plus gros qu'une noix de cola.

Et ils continuèrent leur chemin.

Sept fois sept jours, ils allèrent à travers bois et savanes, mares et plaines, vers le soleil levant.

Le soleil était pendu au-dessus de leur tête, l'ombre cherchait abri au pied des arbres et sous le ventre de leurs montures, lorsqu'ils trouvèrent Diakhalor-le-Bouc, bavant et chevrotant, qui luttait une souche de tamarinier à moitié engloutie par une termitière. « Kou yague dème, yague guisse », dirent les trois frères, et ils continuèrent leur chemin.

Le grand fleuve était traversé depuis des jours et des jours, les arbres avaient, chaque matin, diminué de taille, l'herbe chaque jour plus maigre était chaque jour plus jaune, lorsqu'ils trouvèrent, près d'une flaque d'eau boueuse, un taureau. Ce taureau était dans un tel état d'embonpoint que le plus beau taureau du troupeau de leur père, celui qui avait été sacrifié le premier jour de deuil, aurait paru un veau de deux mois en comparaison ; mais son corps était couvert d'abcès qui suppuraient.

— Qui marche longtemps, voit beaucoup, dirent les trois frères, et ils continuèrent leur chemin.

Le ciel se lavait déjà le visage. Dans les terres habitées par les hommes, le coq avait déjà chanté deux fois. Comme une pastèque géante, le soleil, tiré par des mains impatientes et soucieuses de commencer la nouvelle journée, frôlait un instant l'horizon, puis montait rapidement devant eux, quand ils arrivèrent dans une prairie qui s'étendait à

perte de vue. Sous le poids de la rosée, l'herbe cour-
bait encore la tête. De jeunes ruisseaux déjà réveillés
se disputaient et jouaient à cache-cache. Le soleil,
faisant son ménage, balaya de ses rayons la rosée,
et les chevaux des trois frères voulurent boire et
manger. Mais l'eau du ruisseau le plus clair était
amère comme du fiel et l'herbe la plus verte était
comme de la cendre. Au milieu de la prairie, dont
l'herbe frôlait ses flancs flasques, se tenait une
vache si maigre que l'on voyait à travers son ventre.

— Qui marche longtemps, voit beaucoup, dirent
les trois frères, et ils continuèrent leur chemin.

Son labeur terminé, le soleil se hâtait vers sa
demeure, leurs ombres, les devançant, grandissaient
à chaque instant et leur indiquaient la prochaine
étape sur le sable encore brûlant qui avait succédé
au pâturage verdoyant et amer, lorsqu'ils trouvèrent,
au milieu de ces terres nues et désolées, une vache
près d'une touffe d'herbe qu'un enfant aurait tenue
dans ses bras et une flaque d'eau qu'un homme
aurait recouverte d'une main. Les chevaux s'abreu-
vèrent et mangèrent sans pouvoir épuiser l'eau, qui
était douce comme du miel, ni l'herbe qui était succulente. La vache était si grasse que son corps bril-
lait comme de l'or aux derniers rayons du soleil.

— Qui marche longtemps, voit beaucoup, dirent
les trois frères, et ils continuèrent leur chemin.

Ils allèrent encore trois fois trois jours. Le
dixième jour, à leur éveil, ils virent devant eux une
biche qui n'avait que trois pattes, et qui se sauva à
leur approche, s'arrêta plus loin, semblant les narguer. Ils montèrent sur leurs chevaux et lui donnè-
rent la chasse. Ils la poursuivirent jusqu'aux lueurs
rouges qui annoncent le furtif crépuscule, puis elle

disparut à leurs yeux. Devant eux, soudain, l'horizon était frangé par les cases pointues d'un village.

— Où donc se dirige votre chemin ? leur demanda une vieille, très vieille femme, qu'ils trouvèrent à l'entrée du village.

— Nous allons à la recherche de Kém Tanne, lui dirent-ils.

— Votre chemin s'achève, fit la vieille, c'est ici la demeure de Kém Tanne, mon grand-père. Allez sous le tamarinier du village, vous l'y trouverez.

Sous le tamarinier, au crépuscule, des enfants commençaient à jouer. Dans les villages habités par les hommes, au crépuscule, qui est l'aube de la nuit, les parents font entrer dans les cases leur jeune progéniture pour éviter aux enfants la rencontre des mauvais génies et des souffles néfastes qui commencent à errer à l'heure grise. C'est la nuit que la nature vit, que les bêtes chassent, que les morts vaquent à leurs occupations. Le soleil, par son éclat, cache la vraie vie aux vivants qui se libèrent parfois dans le sommeil et vivent et voient dans l'autre domaine.

Les trois frères demandèrent Kém Tanne ; le plus jeune des enfants quitta le jeu et leur dit : « C'est moi. »

-:-

— Vos aïeux et les aïeux de leurs aïeux ont passé par ici, conduisant votre père et sa charge de bonnes actions que le soleil ramassait chaque jour au cours de sa belle vie, leur dit Kém Tanne. Je sais donc ce qui vous a conduits jusqu'à moi ; avant de vous l'expliquer, dites-moi ce qui vous a paru extraordinaire sur votre long chemin.

— Nous avons rencontré M'Bam Hal-le-Phacochère, habillé et disant son chapelet, dit Momar.

— Tel est le roi sans trône. Le roi déchu se fait
marabout. Confit en dévotion, il recherche dans la
religion sa supériorité perdue. Son gros chapelet,
son grand bonnet, son boubou voyant en imposent
au commun. Sa splendeur passée, croit-il, ne meurt
pas ainsi entièrement, puisque l'on parle encore de
lui et qu'on le vénère. Sa dévotion n'est qu'exté-
rieure. Rendez-lui son trône, il oublie ses prières.
Un roi ne peut être religieux.

— Nous avons, fit Moussa, trouvé en plein soleil,
Diakhalor-le-Bouc luttant une souche.

— Tel, dit Kém Tanne, fait l'homme jeune qui a
épousé une femme plus âgée que lui. Il perd son
temps en accouplement stérile et ridicule. Rien de
bon ne peut sortir de ce ménage mal assorti où
l'homme tue ses enfants, car la femme sera toujours
comme Heuk-la-Souche, qui ne produira jamais.

— Nous avons vu, dans un endroit désert, un taureau bien gras, malgré les abcès qui recouvraient
tout son corps, dit Birame.

— Ce taureau qui mettait quarante jours pour
aller de sa flaque d'eau boueuse à son pâturage bien
maigre, pour revenir au bout de quarante jours
s'abreuver et qui conservait malgré cela sa graisse,
c'est l'homme au grand cœur, c'est l'homme de
bien, c'est l'homme d'honneur que ni le travail, ni
les ennuis, ni les maux ne rebutent, ne découragent.
Il conserve égal son caractère en dépit des méchan-
cetés, des vilenies qui ne touchent que sa peau
comme des abcès.

— Nous avons trouvé, dans la plus belle des prai-
ries que l'on puisse voir, la plus maigre des vaches
maigres de notre vie.

— Telle est, dit Kém Tanne, la mauvaise épouse, la méchante femme au milieu des richesses de son mari. L'aigreur de son caractère, son égoïsme l'empêchent de jouir de ses biens et elle n'offre rien de bon cœur. Vos chevaux n'ont pu ni boire cette eau, eau abondante mais amère, ni manger cette herbe qu'arrosait du fiel. Nul ne mange avec plaisir un mets préparé sans cœur. Le don rend l'être meilleur, et qui ne sait donner ne peut avoir du bonheur.

— Nous avons trouvé, ensuite, une vache très grasse près d'un peu d'herbe et d'un peu d'eau qui semblaient inépuisables.

— Telle est la femme au grand cœur, la bonne épouse, la mère généreuse. Les biens de sa maison peuvent être minimes, elle en est satisfaite et donne sa part à qui franchit le seuil de sa demeure.

— Nous avons poursuivi vainement une biche qui n'avait cependant que trois pattes.

— Cette biche, c'est le monde, c'est la vie, telle que l'homme la parcourt et la poursuit. Imparfaite, fugitive et inexorable. Rien ne l'arrête, rien ne l'atteint. Des jours passent avec leurs ennuis que l'on ne peut hâter ; des jours s'écoulent, avec leurs joies que l'on ne peut retenir ; et l'on court après la biche-aux-trois-pattes jusqu'à ce que sonne l'appel des ancêtres.

« Votre père Samba est parti, vous laissant ses conseils que vous voudriez connaître. Vos outres ne contiennent, comme vous l'avez vu, rien de mystérieux.

« Moussa, ton père, ou mieux le sort, te laisse tout son or. Que feras-tu de l'or qui ne se mange pas ? Que désireras-tu que tu ne trouves dans la case de ton père si tes frères veulent partager avec toi leur héritage ? Car toi, Momar, tu prendras si tu veux tout ce qui s'est bâti sur vos terres et tout ce qui pousse dans vos champs : pour toi, Birame, tout ce qui s'attache avec une corde, tout le troupeau, bœufs, ânes, chevaux.

« Qu'irez-vous donc chercher ailleurs que l'un ne trouverait chez les autres ?

« Retournez chez vous, rependez vos outres, qui ne renferment que l'image des vrais biens. Ton or, Moussa, ne représente pas plus — ni moins — que le sable de Momar et que les cordes de Birame (tes femmes n'en seront pas meilleures parce qu'elles auront colliers et bracelets, pas plus que la bride ne fait le coursier).

« Retournez chez vous, rependez vos outres et n'oubliez rien de ce que vos yeux ont vu, de ce que vos oreilles ont entendu et continuez le labeur de votre père. »

-:-

Ceci me fut conté par Amadou Koumba un soir que nous venions de rencontrer un jeune homme qui avait épousé une femme plus âgée que lui.

SARZAN

Les ruines s'amoncelaient indistinctes des termitières, et seule une coquille d'œuf d'autruche fêlée et jaunie aux intempéries, indiquait encore, à la pointe d'un haut piquet, l'emplacement du mirab de la mosquée qu'avaient bâtie les guerriers d'El Hadj Omar. Le conquérant toucouleur avait fait couper les tresses et raser les têtes des pères de ceux qui sont maintenant les plus vieux du village. Il avait fait trancher le cou de ceux qui ne s'étaient pas soumis à la loi coranique. Les vieux du village ont à nouveau leurs cheveux tressés. Le bois sacré que les talibés fanatiques avaient brûlé, depuis longtemps, a repoussé et abrite encore les objets du culte, les canaris blanchis à la bouillie de mil ou brunis du sang caillé des poulets et des chiens sacrifiés.

Comme des rameaux tombés au hasard des fléaux, ou des fruits mûrs du bout des branches gonflées de sève, des familles s'étaient détachées de Dougouba pour essaimer plus loin des petits villages, des Dougoubani. Des jeunes gens étaient par-

tis travailler à Ségou, à Bamako, à Kayes, à Dakar ;
d'autres s'en allaient labourer les champs d'arachides du Sénégal et s'en revenaient la récolte faite
et la traite finie. Tous savaient que la racine de leur
vie était toujours à Dougouba qui avait effacé toutes
traces des hordes de l'Islam et repris les enseigne-
ments des ancêtres.

Un enfant de Dougouba s'en était allé plus loin
et plus longtemps que les autres : Thiémokho Kéita.

De Dougouba, il avait été au chef-lieu du cercle,
de là à Kati, de Kati à Dakar, de Dakar à Casablanca, de Casablanca à Fréjus, puis à Damas. Parti
soldat du Soudan, Thiémokho Kéita avait fait l'exer-
cice au Sénégal, la guerre au Maroc, monté la garde
en France et patrouillé en Syrie. Sergent, il s'en
revenait, en ma compagnie, à Dougouba.

En tournée dans ce cercle qui est au cœur du Soudan, j'avais trouvé, dans le bureau de l'Administra-
teur, le sergent Kéita qui venait d'être démobilisé et
qui désirait s'engager dans le corps des garde-
cercles ou dans le cadre des interprètes.

— Non, lui avait dit le Commandant de cercle.
Tu rendras davantage service à l'Administration en
retournant dans ton village. Toi qui as beaucoup
voyagé et beaucoup vu, tu apprendras un peu aux
autres comment vivent les blancs. Tu les « civilise-
ras » un peu. Tenez, avait-il continué, en s'adressant
à moi, puisque vous allez par-là, emmenez donc
Kéita avec vous, vous lui éviterez les fatigues de la
route et vous lui ferez gagner du temps. Voilà
quinze ans qu'il était parti de son trou.

Et nous étions partis.

Dans la camionnette où nous occupions, le chauffeur, lui et moi, la banquette de devant, tandis que
derrière, entre la caisse-popote, le lit-picot et les

caisses de sérum et de vaccin, s'entassaient cuisi-
niers, infirmiers, aide-chauffeur et garde-cercle, le
sergent Kéita m'avait raconté sa vie de soldat, puis
de gradé ; il m'avait raconté la guerre du Rif du
point de vue d'un tirailleur noir, il m'avait parlé de
Marseille, de Toulon, de Fréjus, de Beyrouth.
Devant nous, il semblait ne plus voir la route en
« tôle ondulée » faite de branches coupées et recou-
vertes d'une couche d'argile qui s'en allait maintenant à la chaleur torride et, à la grande sécheresse,
en poussière, en une poussière fine et onctueuse qui
plaquait sur nos visages un masque jaunâtre, cra-
quait sous nos dents et cachait, dans notre sillage,
les cynocéphales hurleurs et les biches peureuses et
bondissantes. Il lui semblait, dans la brume calcinée
et haletante, revoir les minarets de Fez, la foule
grouillante de Marseille, les immenses et hautes
demeures de France, la mer trop bleue.

-:-

À midi, nous étions au village de Madougou ; la
route n'était plus tracée, nous avions pris chevaux
et porteurs pour arriver à Dougouba à la tombée de
la nuit.

— Quand tu reviendras ici, avait dit Kéita, tu
arriveras jusqu'à Dougouba en auto, car, dès
demain, je vais faire travailler à la route.

Le roulement sourd d'un tam-tam avait annoncé
l'approche du village ; puis la masse grise des cases
s'était détachée, sommée du gris plus sombre de
trois palmiers, sur le gris clair du ciel. Sur trois
notes, le tam-tam bourdonnait maintenant, soutenant
la voix aigre d'une flûte. Des lueurs léchaient les
cimes des palmiers. Nous étions dans Dougouba.

J'étais descendu le premier et demandai le Chef du village :

— Dougou-tigui (chef de village) voici ton fils, le sergent Kéita.

Thiémokho Kéita avait sauté de son cheval. Comme si le bruit de ses souliers sur le sol avait été un signal, le tam-tam s'arrêta et la flûte se tut. Le vieillard lui prit les deux mains tandis que d'autres vieillards lui touchaient les bras, les épaules, les décorations. De vieilles femmes accourues tâtaient à genoux ses molletières ; et, sur les visages gris, des larmes brillaient dans les rides que traversaient des balafres, et tous disaient :

— Kéita ! Kéita ! Kéita !...

— Ceux-là, chevrota enfin le vieillard, ceux-là, qui ont reconduit tes pas au village en ce jour, sont bons et généreux.

C'était en effet un jour qui ne ressemblait pas aux autres jours dans Dougouba. C'était le jour du Kotéba, le jour de l'Épreuve.

Le tam-tam avait repris son ronflement que perçait le sifflement aigu de la flûte. Dans le cercle de femmes, d'enfants et d'hommes mûrs, les jeunes gens, torse nu, à la main une longue branche effeuillée de balazan, souple comme un fouet, tournaient à la cadence du tam-tam. Au centre de ce cercle mouvant, le flûtiste, coudes et genoux à terre, lançait ses trois notes, toujours les mêmes. Au-dessus de lui, un jeune homme venait se mettre, jambes écartées, bras étendus en croix, et les autres, en passant près de lui, faisaient siffler leur cravache ; le coup tombait sur le buste, laissant un bourrelet gros comme le pouce, arrachant parfois la peau. La voix aigre de la flûte montait d'un ton, le tam-tam se faisait plus sourd, les cravaches sifflaient, le sang ruisselait, reflétant, sur le corps brun-noir, la lueur des fagots et des tiges de mil sèches qui montait jusqu'aux cimes des palmiers, qu'un vent léger faisait grincer faiblement. Kotéba ! Épreuve d'endurance, épreuve d'insensibilité à la douleur. L'enfant qui pleure en se faisant mal n'est qu'un enfant, l'enfant qui pleure quand on lui fait mal ne fera pas un homme.

Kotéba ! Donne le dos, reçois le coup, tourne-toi et rends-le, Kotéba !

— C'est encore là des manières de sauvages !

Je me retournai ; c'était le sergent Kéita qui venait de me rejoindre au tam-tam.

Des manières de sauvages ? Cette épreuve qui faisait, entre d'autres, les hommes durs, les hommes rudes ! Qui avait fait que les aînés de ces jeunes gens pouvaient marcher des jours durant, d'énormes charges sur la tête ; qui faisait que lui, Thiémokho Kéita, et ses semblables, s'étaient battus vaillamment là-bas sous le ciel gris où le soleil lui-même est très souvent malade, qu'ils avaient peiné, sac au dos, supporté le froid, la soif, la faim.

Manières de sauvage ? Peut-être bien. Mais je pensais qu'ailleurs, chez nous, nous n'en étions même plus à la première initiation, que pour les jeunes circoncis, « la case-des-hommes » n'existait plus où l'on trempait le corps, l'esprit et le caractère ; où les passines, devinettes à double sens, s'apprenaient à coups de bâton sur le dos courbé et sur les doigts tendus, et les kassaks, les chants exerce-mémoire dont les mots et les paroles qui nous sont venus des nuits obscures, entraient dans nos têtes avec la chaleur des braises qui brûlaient les paumes de la main. Je pensais que nous n'y avions encore rien gagné selon toute apparence, que nous avions peut-être dépassé ceux-ci sans avoir rejoint ceux-là.

Le tam-tam bourdonnait toujours, soutenant la voix perçante de la flûte. Les feux mouraient et renaissaient. Je regagnai la case qui m'était préparée. Il y flottait, mêlée à l'odeur épaisse du banco, argile pétrie avec de la paille hachée et pourrie qui la rendait, une fois sèche, à l'épreuve de la pluie, une odeur plus subtile, celle des morts dont le nombre — trois — était indiqué par des cornes fichées au mur à hauteur d'homme. Car, à Dougouba, le cimetière aussi avait disparu et les morts continuaient à vivre avec les vivants ; ils étaient enterrés dans les cases.

Le soleil chauffait déjà, mais Dougouba dormait encore, ivre de fatigue et de dolo (les calebasses de bière de mil avaient circulé de mains en bouches et de bouches en mains toute la nuit) lorsque je repris le chemin du retour.

— Au revoir, m'avait dit Kéita, quand tu reviendras ici, la route sera faite, je te le promets.

-:-

Le travail dans d'autres secteurs et dans d'autres cercles ne me permit de retourner à Dougouba qu'un an plus tard.

-:-

C'était la fin d'après-midi d'une lourde journée. L'air semblait une masse épaisse, gluante et chaude, que nous fendions péniblement.

Le sergent Kéita avait tenu parole, la route allait jusqu'à Dougouba. Au bruit de l'auto, comme dans tous les villages, la marmaille toute nue, le corps gris-blanc de poussière, avait paru au bout de la route, suivie de chiens roux aux oreilles écourtées et aux côtes saillantes. Au milieu des enfants, se tenait un homme qui gesticulait et agitait une queue de vache attachée à son poignet droit. Quand l'auto s'arrêta, je vis que c'était le sergent Thiémokho Kéita, qu'entouraient chiens et enfants. Il portait, sous sa vareuse déteinte, sans boutons et sans galons, un boubou et une culotte faite de bandes de coton jaune-brun, comme les vieux des villages. La culotte s'arrêtait au-dessus des genoux, serrée par des cordelettes. Il avait ses molletières, elles étaient en lambeaux. Il était nu-pieds et portait son képi.

Je lui tendis la main et dis :

— Kéita !

Comme une volée de moineaux-mange-mil, la marmaille s'éparpilla en piaillant :

— Ayi ! Ayi ! (Non ! Non !)

Thiémokho Kéita n'avait pas pris ma main. Il me regardait, mais semblait ne pas me voir. Son regard était si lointain que je ne pus m'empêcher de me retourner pour voir ce que ses yeux fixaient à travers les miens. Soudain, agitant sa queue de vache, il se mit à crier d'une voix rauque :

> *Écoute plus souvent*
> *Les choses que les êtres,*
> *La voix du feu s'entend,*
> *Entends la voix de l'eau.*
> *Écoute dans le vent*
> *Le buisson en sanglot :*
> *C'est le souffle des ancêtres.*

— Il est complètement fato (fou), dit mon chauffeur à qui j'imposai silence. Le sergent Kéita criait toujours :

Ceux qui sont morts ne sont jamais partis
Ils sont dans l'ombre qui s'éclaire
Et dans l'ombre qui s'épaissit,
Les morts ne sont pas sous la terre
Ils sont dans l'arbre qui frémit,
Ils sont dans le bois qui gémit,
Ils sont dans l'eau qui coule,
Ils sont dans l'eau qui dort,
Ils sont dans la case, ils sont dans la foule
Les morts ne sont pas morts.

Ceux qui sont morts ne sont jamais partis,
Ils sont dans le sein de la femme,
Ils sont dans l'enfant qui vagit,
Et dans le tison qui s'enflamme.

Les morts ne sont pas sous la terre,
Ils sont dans le feu qui s'éteint,
Ils sont dans le rocher qui geint,
Ils sont dans les herbes qui pleurent,
Ils sont dans la forêt, ils sont dans la demeure,
Les morts ne sont pas morts.

> *Écoute plus souvent*
> *Les choses que les êtres,*
> *La voix du feu s'entend,*
> *Entends la voix de l'eau.*
> *Écoute dans le vent*
> *Le buisson en sanglot :*
> *C'est le souffle des ancêtres.*
> *Le souffle des ancêtres morts*
> *Qui ne sont pas partis,*
> *Qui ne sont pas sous terre,*
> *Qui ne sont pas morts.*

Écoute plus souvent
Les choses que les êtres,
La voix du feu s'entend,
Entends la voix de l'eau.
Écoute dans le vent
Le buisson en sanglot :
C'est le souffle des ancêtres.

Il redit chaque jour le pacte,
Le grand pacte qui lie,
Qui lie à la loi notre sort ;
Aux actes des souffles plus forts
Le sort de nos morts qui ne sont pas morts ;
Le lourd pacte qui nous lie à la vie,
La lourde loi qui nous lie aux actes
Des souffles qui se meurent.

Dans le lit et sur les rives du fleuve,
Des souffles qui se meuvent
Dans le rocher qui geint et dans l'herbe qui
                                    [pleure.

Des souffles qui demeurent
Dans l'ombre qui s'éclaire ou s'épaissit,
Dans l'arbre qui frémit, dans le bois qui gémit,
Et dans l'eau qui coule et dans l'eau qui dort,
Des souffles plus forts, qui ont pris
Le souffle des morts qui ne sont pas morts,
Des morts qui ne sont pas partis,
Des morts qui ne sont plus sous terre.

Écoute plus souvent
Les choses que les êtres...

Les enfants étaient revenus, entourant le vieux

chef de village et ses notables. Après les salutations, je demandai ce qui était arrivé au sergent Kéita.

— Ayi ! Ayi ! dirent les vieillards. Ayi ! Ayi ! piaillèrent les enfants.

— Non ! Pas Kéita, fit le vieux père, Sarzan ! (Sergent !) Sarzan seulement. Il ne faut pas réveiller la colère de ceux qui sont partis. Sarzan n'est plus un Kéita. Les morts et les Génies se sont vengés de ses offenses.

-:-

Cela avait commencé dès le lendemain de son arrivée, le jour même de mon départ de Dougouba.

Le sergent Thiémokho Kéita avait voulu empêcher son père de sacrifier un poulet blanc aux mânes des ancêtres pour les remercier de l'avoir ramené sain et sauf au pays. Il avait déclaré que, s'il était revenu, c'est que tout simplement il devait revenir et que les aïeux n'y avaient jamais été pour rien. Qu'on laisse tranquilles les morts, avait-il dit, ils ne peuvent plus rien pour les vivants. Le vieux chef du village avait passé outre et le poulet avait été sacrifié.

Au moment des labours, Thiémokho avait prétendu inutile et même idiot de tuer des poulets noirs et d'en verser le sang dans un coin des champs. Le travail, avait-il dit, suffit, et la pluie tombera si elle doit tomber. Le mil, le maïs, les arachides, les patates, les haricots pousseront tout seuls, et pousseront mieux si l'on se servait des charrues que le commandant de cercle lui avait envoyées. Il avait coupé et brûlé des branches du Dassiri, l'arbre sacré, protecteur du village et des cultures, au pied duquel on avait sacrifié des chiens.

Le jour de la circoncision des petits garçons et de l'excision des petites filles, le sergent Kéita avait sauté sur le Gangourang, le maître des enfants qui dansait et chantait. Il lui avait arraché le paquet de piquants de porc-épic qu'il portait sur la tête et le filet qui lui voilait le corps. Il avait déchiré le cône d'étoffe jaune sommé d'une touffe de gris-gris et de rubans que portait le Mama Djombo, le grand-père-au-bouquet, maître des jeunes filles. Le sergent Kéita avait déclaré que c'était là des « manières de sauvages », et pourtant il avait vu le carnaval à Nice et les masques hilares ou terrifiants. Il est vrai que les Toubab, les Blancs, portaient des masques pour s'amuser et non pas pour enseigner aux enfants les rudiments de la sagesse des anciens.

Le sergent Kéita avait décroché le sachet pendu dans sa case et qui enfermait le Nyaboli, le Génie de la famille du vieux Kéita, et il l'avait jeté dans la cour, où les chiens efflanqués faillirent l'arracher aux petits enfants avant l'arrivée du vieux chef.

Il était entré un matin dans le Bois sacré et il avait brisé les canaris qui contenaient de la bouillie de mil et du lait aigre. Il avait renversé les statuettes et les pieux fourchus sur lesquels le sang durci collait des plumes de poulets. « Manières de sauvages », avait-il décrété. Cependant, le sergent Kéita était entré dans des églises ; il y avait vu des statuettes de saints et des Saintes Vierges devant lesquelles brûlaient des cierges. Il est vrai que ces statuettes étaient couvertes de dorures et de couleurs vives, bleues, rouges, jaunes, qu'elles étaient, c'est certain, plus belles que les nains noircis aux bras longs, aux jambes courtes et torses, taillés dans le vène, le cail-cédrat et l'ébène, qui peuplaient le Bois sacré.

Le commandant de cercle avait dit : « Tu les civi-

liseras un peu », et le sergent Thiémokho Kéita allait
« civiliser » les siens. Il fallait rompre avec la tradition, tuer les croyances sur lesquelles avaient toujours reposé la vie du village, l'existence des
familles, les actes des gens... Il fallait extirper les
superstitions. Manières de sauvages... Manières de
sauvages, le dur traitement infligé aux jeunes circoncis pour ouvrir leur esprit et former leur caractère et leur apprendre que nulle part, en aucun
moment de leur vie, ils ne peuvent, ils ne doivent
être seuls. Manières de sauvages, le Kotéba qui
forge les vrais hommes sur qui la douleur ne peut
avoir de prise... Manières de sauvages, les sacrifices,
le sang offert aux ancêtres et à la terre... Manières
de sauvages, la bouillie de mil et le lait caillé versés
aux Esprits errants et aux Génies protecteurs...
   Le sergent Kéita disait cela à l'ombre de l'arbre-
aux-palabres, aux jeunes et aux vieux du village.

-:-

   Ce fut aux abords du crépuscule que le sergent
Thiémokho Kéita eut sa tête changée. Appuyé
contre l'arbre-aux-palabres, il parlait, parlait, parlait,
contre le féticheur qui avait sacrifié le matin même
des chiens, contre les vieux qui ne voulaient pas
l'écouter, contre les jeunes qui écoutaient encore les
vieux. Il parlait lorsque, soudain, il sentit comme
une piqûre à son épaule gauche ; il se retourna.
Quand il regarda à nouveau ses auditeurs, ses yeux
n'étaient plus les mêmes. Une bave mousseuse et
blanche naissait aux coins de ses lèvres. Il parla, et
ce n'étaient plus les mêmes paroles qui sortaient de
sa bouche. Les souffles avaient pris son esprit et ils
criaient maintenant leur crainte :

> *Nuit noire ! Nuit noire !*

disait-il à la tombée de la nuit, et les enfants et les femmes tremblaient dans les cases.

> *Nuit noire ! Nuit noire !*

criait-il au lever du jour,

> *Nuit noire ! Nuit noire !*

hurlait-il en plein midi. Nuit et jour les souffles et les Génies et les ancêtres le faisaient parler, crier et chanter...

... Ce ne fut qu'à l'aube que je pus m'assoupir dans la case où vivaient les morts et toute la nuit j'avais entendu le sergent Kéita aller et venir, hurlant, chantant et pleurant :

> *Dans le bois obscurci*
> *Les trompes hurlent, hululent sans merci*
> *Sur les tam-tams maudits*
> *Nuit noire ! Nuit noire !*
>
> *Le lait s'est aigri*
> *Dans les calebasses,*
> *La bouillie a durci*
> *Dans les vases,*
> *Dans les cases*
> *La peur passe, la peur repasse,*
> *Nuit noire ! Nuit noire !*
>
> *Les torches qu'on allume*
> *Jettent dans l'air*
> *Des lueurs sans volume,*

Sans éclat, sans éclair ;
Les torches fument,
Nuit noire ! Nuit noire !

Des souffles surpris
Rôdent et gémissent
Murmurant des mots désappris,
Des mots qui frémissent,
Nuit noire ! Nuit noire !

Du corps refroidi des poulets
Ni du chaud cadavre qui bouge,
Nulle goutte n'a coulé,
Ni de sang noir, ni de sang rouge,
Nuit noire ! Nuit noire !

Les trompes hurlent, hululent sans merci
Sur les tam-tams maudits.
Peureux, le ruisseau orphelin
Pleure et réclame
Le peuple de ses bords éteints
Errant sans fin, errant en vain,
Nuit noire ! Nuit noire !

Et dans la savane sans âme
Désertée par le souffle des anciens,
Les trompes hurlent, hululent sans merci
Sur les tam-tams maudits,
Nuit noire ! Nuit noire !

Les arbres inquiets
De la sève qui se fige
Dans leurs feuilles et dans leur tige
Ne peuvent plus prier
Les aïeux qui hantaient leur pied,
Nuit noire ! Nuit noire !

Dans la case où la peur repasse
Dans l'air où la torche s'éteint,
Sur le fleuve orphelin
Dans la forêt sans âme et lasse
Sous les arbres inquiets et déteints,
Dans les bois obscurcis
Les trompes hurlent, hululent sans merci
Sur les tam-tams maudits,
Nuit noire ! Nuit noire !

....

Personne n'osait plus l'appeler de son nom, car les génies et les ancêtres en avaient fait un autre homme. Thiémokho Kéita était parti pour ceux du village, il ne restait plus que Sarzan, Sarzan-le-fou.

TABLE DES MATIÈRES

Éditions Présence Africaine,
littérature,
dernières parutions

Entre hyènes et chacals. Angela CIMINO-CREUSSON (F)
330 pages, 13,5×20 cm, ISBN 2-7087-0575-X

Mémoires d'un paysan,
Jean-Baptiste DAN GUIMANDA (CEN)
136 pages, 13,5×20 cm, ISBN 2-7087-0586-5

Le paradis du nord, J. R. ESSOMBA (CAM)
168 pages, 13,5×20 cm, ISBN 2-7087-0612-8

Le gouverneur du territoire, Alioum FANTOURE (GUI)
228 pages, 13,5×20 cm, ISBN 2-7087-0590-3

Aimé Césaire, poète noir, Hubert JUIN (F)
essai littéraire
112 pages, 11,5×18 cm, ISBN 2-7087-0591-1

Les chauves-souris, Bernard NANGA (CAM) format poche
282 pages, 11×17,5 cm, ISBN 2-7087-0602-0

« Lire... » le Discours sur le colonialisme, Georges NGAL
(ZAI)
144 pages, 13,5×21 cm, ISBN 2-7087-0581-4

Saint Monsieur Baly, Williams SASSINE (GUI) format
poche
182 pages, 11×17,5 cm, ISBN 2-7087-0595-4

Guelwaar, Ousmane, SEMBÈNE (SEN)
160 pages, 13,5×20 cm, ISBN 2-7087-0605-5

L'ordre des phénomènes, Jean-Baptiste TATILOUTARD
(CNG)
Recueil de poèmes.
112 pages, 14×19 cm, ISBN 2-7087-0613-6

Terre plurielle, Maryam, une mémoire déracinée
Anne TIDDIS (F)
160 pages, 13,5×20 cm, ISBN 2-7087-0592-X

Bamikilé, Nouréini TIDJANI-SERPOS (BEN)
168 pages, 13,5×20 cm, ISBN 2-7087-0606-3

Le soleil brisé,
Francesca VELAYOUDOM-FAITHFUL (GUA)
352 pages, 13,5×20 cm, ISBN 2-7087-0607-1

L'Impasse, Daniel BIYAOULA (CNG)
328 pages, 13,5×20 cm, ISBN 2-7087-0614-4

Les Ravins de l'exil, contes barbares
Anne TIDDIS (F)
184 pages, 135×20 cm, ISBN 2-7087-0620-9

*Cet ouvrage recomposé
a été achevé d'imprimer en novembre 1996
sur les presses de l'**Imprimerie Bussière**
à Saint-Amand (Cher)*

N° d'imp. 2183
Premier dépôt légal : 1er trimestre 1969.
Imprimé en France

N. d'impr. : ...
Premier dépôt légal : 4° trimestre 1984
Dépôt légal : ... 1984
Imprimé en Belgique